히 가 시 노 게 이 고 의

무한도전

히가시노 게이고 ✳ 양윤옥 옮김

히 가 시 노 게 이 고 의

소미미디어
Somy Media

일러두기

본 책은 하기의 두 작품을 제외하고 2002년~2004년 지츠교노니혼샤(実業之日本社)의 《월간 제이노블》
(2002년 5월호, 7월호, 12월호, 2003년 1월호, 3월호~2004년 4월호)에 연재된 글을 모은 것입니다.
·《월드컵 경기를 관전했습니다》는 《SPORTS Yeah!》 2002년 제046호에 수록
·《아저씨 스노보더 살인사건》은 이 책을 위해 새로이 쓴 글입니다.

아저씨 보더, 탄생 비화

스노보드를 시작하기로 했다. 아니, 이미 시작해버렸다. 돌이켜보면 이 출발선에 서기까지의 여정이 참으로 길었다.

스노보드는 1960년대 미국 미시건 주에서 시작되었다고 일컬어진다. 하지만 한참동안 마이너한 존재였다. 나도 고등학교와 대학교 시절에 꽤 스키를 타러 다닌 편이지만 스노보드 비슷한 것은 딱 한 번 목격했을 뿐이다. 더구나 그건 요즘 스노보드와는 전혀 다른 물건이어서 크기는 스케이트보드 정도, 발도 고정되지 않는 것이었다. 어떤 젊은 친구가 그것을 사용해 놀고 있었는데 어쩌면 손으로 직접 만든 발판이었는지도 모른다.

본격적으로 스노보드를 즐기는 인물을 맨 처음 본 것은 스크린에서였다. 〈007 뷰 투 어 킬*〉이라는 영화다. 이 영화의 앞부분에 저 유명한 제임스 본드가 스노모빌을 타고 적의 추격을 따돌리며 도주하는 장면이 있다. 중간에 공격을 받아 스노모빌이 파괴되자 제임스 본드는 바닥에 떨어진 모빌 한쪽을 썰매에 얹고 눈 위를 마치 서핑이라도 하듯이 휘익휘익 타면서 도망치는

---

*A View to a Kill. 1985년 개봉. 로저 무어가 마지막으로 제임스 본드 역할을 맡은 영화.

것이다. 배경음악으로는 더 비치 보이스의 커버 곡이 흘렀다. 그때의 스턴트맨은 말할 것도 없이 프로 스노보더였을 것이다. 나는 충격을 받았다. 세상에 저런 대단한 일을 해내는 사람이 있구나, 하고 감탄했다.

하지만 그 뒤로 딱히 스노보드를 의식한 적은 없었다. 취직을 하면서 스키 타러 가는 일도 부쩍 줄었다. "요즘 스노보드 하는 친구들이 이따금 보이는데 그거, 진짜 거치적거려"라고 스키어들이 툴툴거리는 소리가 들려와도 남의 일로만 생각했을 뿐이다.

하지만 스노보드의 인기가 높아지고 스키어와 스노보더의 비율이 역전할 것 같다는 소식까지 듣고 보니 점차 무시할 수 없게 되었다. 머릿속에 떠오르는 것은 제임스 본드의 그 멋진 설원의 질주였다. 언젠가 꼭 해보고 싶다, 라고 점점 간절해졌다.

하지만 세상 모든 일에는 한도라는 게 있다. 아무리 몇 살부터 시작해도 상관없다지만, 마흔을 코앞에 둔 나는 아무래도 어려울 것이라고 지레 포기해버렸다. '꼭 해보고 싶다'라는 마음은 어느새 '꼭 해보고 싶었는데'로 변해갔다.

그런데 운명(과장스럽지만)이란 알 수 없는 것이다. 어느 날 저녁, 긴자에서 한잔하고 있는데 옆자리에 앉은 인물이 말을 걸어왔다. 나보다 연상으로 보이는 그 사람은 《스노보더》라는 잡지의 편집장이었다. 그가 나에게 말을 걸어온 것은 같은 계열 출판사에서 내 소설이 출간될 예정이었기 때문이다. 광고를 겸해 덧붙이자면, 그 소설은 《호숫가 살인사건》이다.

소설 출간의 감사인사 따위, 듣는 둥 마는 둥하고 있었다. 이게 나에게는 마지막 찬스가 아닐까, 라는 생각이 돌연 머릿속을 스쳤던 것이다. 그래서 편집장 M씨에게 나도 꼭 스노보드에 도전해보고 싶다, 라고 말해보았다. M씨는 얼근하게 취해 있었지만 나의 희망사항에 대해 "뭐, 그러시다면 다음에 한 번 같이 가시죠"라고 가볍게 응해주었다.

너무도 쉽게 일이 정해지는 바람에 도리어 불안해졌다. 술자리에서 오고 간 얘기, 라고 나중에 발을 빼버릴 듯한 느낌이 들었기 때문이다. 나는 다짐을 받기로 했다.

"진지하게 하는 말이에요. 진짜라고요. 술 취한 김에 해본 소리가 아니에요. 꼭 불러줘야 합니다? 이 일을 적당히 넘겼다가는 가만 안 둡니다?"

반쯤 협박이었다. 그만큼 나는 필사적이었다. 눈빛이 트릿해져 있던 M씨도 점점 진지한 얼굴이 되었다.

"네, 알겠습니다. 저도 진심이에요. 그 증거로 새 보드를 히가시노 씨에게 선물하겠습니다. 어떠십니까?"

"엇, 정말요?"

나도 모르게 뺨이 헤실헤실 풀어지며 웃음이 번졌다. 선물하겠습니다, 라는 말, 언제 들어도 좋은 말이다.

그날 밤에는 그걸로 헤어졌지만 역시 나는 불안했다. 말은 철석같이 했지만 결국 농담이었다는 걸로 끝나지 않을지 걱정스러웠다. 그런데 그로부터 며칠 뒤, 정말로 보드가 우편으로 도착했다. 화들짝 놀랐다. 게다가 《호숫가 살인사건》의 담당 편집자 T 여사에게서도 연락이 왔다.

"M씨에게서 얘기 들었어요. 스노보드를 시작하신다면서요? 그럼 《호숫가 살인사건》이 완성되는 날, 뒤풀이를 겸해 스노보드 투어를 떠나죠."

이건 완전한 우연이지만, T여사는 예전에 M씨의 부하 직원이었고 스노보드 합숙이라는 것에도 참가한 적이 있다고 한다. 따라서 스노보드 실력도 상당한 모양이었다.

엉뚱한 곳에서 뜻밖의 당근이 날아와 코앞에 대롱거리자 나는 당장 그날부터 《호숫가 살인사건》의 집필에 온힘을 쏟아 부었다. 나중에 다른 출판사 편집자가, 그렇게 바쁘다더니 언제 시간이 나서 장편소설을 쓰셨느냐고 의아해했지만, 실은 그런 맛있는 당근이 나를 수없이 채찍질했던 것이다.

무사히 원고를 마감한 나는 작품에 대한 감상을 늘어놓는 T여사의 말은 대충 흘려 넘기고 "그래서 그 스노보드 투어는 어떻게 됐지?"라고 재촉했다.

"물론 M씨도 잔뜩 기대하고 있죠. 지금부터 준비하면 3월쯤이 될 것 같아요."

나는 끄응 신음했다. 그렇게 느긋하게 준비하다가는 이번 시즌은 그 한 번으로 끝나버리는 거 아닌가. 나는 《호숫가 살인사건》의 마지막 교정이 언제냐고 물었다. 2월 27일인데요, 라는 대답이었다.

"그러면 28일에 떠나는 건 어떨까?"

"엇, 바로 다음 날이잖아요."

역시나 T여사는 흠칫 놀랐다.

"어물어물하다가는 눈이 다 녹아버려. 좋은 일은 서두르라는 말도 있잖아."

나의 강한 의지가 전해졌는지 T여사는 깊숙이 고개를 끄덕이며 "그러시다면 그 날짜로 계획을 추진해보겠습니다"라고 답해주었다.

그렇게 계획이 점점 구체화되면서 나는 거의 소풍을 앞둔 초등학생 같은 기분이었다. 친구들과 지인들 모두에게 내가 이번에 스노보드에 도전하기로 했다고 떠들고 다녔다. 다들 부러워할 거라고 생각했는데, 그런 일은 전혀 없었다. 이를테면 친구들은 철저히 나를 위협했다.

"네 나이가 몇인데 그런 걸? 내가 아는 여자는 스노보드 타다가 허리뼈 부러졌어."

"겔렌데*에서 구급차로 실려가는 건 스키어보다 스노보더가 압도적으로 많다더라."

"스키하고는 비교가 안 될 만큼 콰당콰당 넘어진다던데?"

"넘어지는 참에 보드 판 끝에 찔려서 머리가 찢어진 놈도 있어."

집안 식구들은 "또, 또 저 고질병이 도졌네"라는 반응이었다.

"네 나이에 그런 걸 시작해봤자 앞으로 몇 년이나 타겠니?" (누나)

"그런 고난의 길을 택하기보다 우아하게 낚시라도 하는 건 어떨까?" (매형)

"응? 뭘 한다고? 무슨 봉? 철봉?" (어머니)

편집자는 당연히 '내심 반대함'이라는 얼굴 표정이었다.

"부디 다치지는 말아주세요. 특히 손가락과 손은 반드시 지키셔야 합니다. 혹시 다치더라도 마감 날이 지난 다음에 다쳐주세요." (모 출판사 편집자)

그래도 다들 "뭐, 기왕 시작하는 거, 열심히 하시지요"라고, 형식적인 인사인지는 모르겠지만 마지막에는 응원을 보내주었다.

그리고 마침내 첫 체험의 날이 다가왔다. 행선지는 가라유자와. 동행해준 사람은 T여사와 그녀의 상사인 S편집장이었다.

---

*gelände. 스키를 탈 수 있게 정비해놓은 경사지, 혹은 스키장 전체를 가리키는 말.

《호숫가 살인사건》은 그 전날 무사히 교정이 끝난 참이었다. 두 사람 다 후련하다는 얼굴을 하고 있었다.

나는 44세, S편집장은 나보다 한 살 어리고, T여사의 나이는 굳이 밝히지는 않겠으나 일단 세 사람의 나이를 합하면 120이 넘는다는 건 확실하다. 아마도 오늘 겔렌데에서 만나는 그룹 중에서 평균연령으로는 1위를 차지할 거라고 신칸센 안에서 이야기했다.

이미 아시는 분도 많겠지만 가라유자와는 신칸센에서 내리자마자 곧바로 스키장이다. 먼저 보내둔 짐을 찾고 탈의실에서 옷을 갈아입으면 그다음은 곤돌라에 타기만 하면 된다. 그나저나 나는 M씨에게서 보드 판만 받았기 때문에 그밖의 다른 용품들은 도쿄 오차노미즈의 유명한 스포츠용품점에서 일괄 구입했다. 가게 안에 있던 손님들 사이에서도 명백히 내가 가장 연장자였다.

겔렌데에 도착하자 즉각 레슨이 시작되었다. 강사는 스즈키 씨. 28세의 상당한 미남이다. 엄청 인기 있겠구나, 라는 쓸데없는 생각을 해가면서 준비운동에 들어갔다. 스트레칭이 대부분이다.

보드 장착 방법, 넘어지는 방법, 겔렌데에서의 규칙 등을 먼저 가르쳐준다. 이 부분은 스키와 똑같다. 이어서 보드에 한쪽 발만 끼운 상태로 이동하기. 이걸 '스케이팅'이라고 한다. 이어서 언덕길을 올라가는 연습에 들어갔다. 실은 이 스케이팅과 언덕길

오르기 단계에서 이미 녹초가 되었다. 체력의 60퍼센트 이상을 썼다고 해도 과언이 아니다.

기본적인 것을 어지간히 연습하고 나자 "이제 리프트를 타볼까요?"라고 스즈키 씨가 제안했다. 제대로 걷지도 못하는데 이건 좀 무모하다는 마음이 들었지만 어쨌든 언덕 오르기 연습이 너무 지겨워서 "타요, 타요!"라고 동의했다.

2인승 리프트여서 나는 스즈키 씨와 함께 타게 되었다. 올라가는 도중에 나이를 묻길래 솔직히 대답했더니 스즈키 씨는 순간 말문이 턱 막힌 기색이었다. 그러다가 퍼뜩 정신이 난 듯 급하게 "아뇨, 아뇨, 아직 괜찮습니다"라고 달래주는 말을 했다. 마음속으로는 '어휴, 하필 이런 아저씨를 가르쳐야 하다니'라고 답답해했는지도 모른다.

리프트에서 내려 드디어 본격적인 보드 타기 연습이 시작되었다. 그 내용을 일일이 적어봤자 아마 별 쓸모가 없을 것이다. 간단히 줄이자면 타기, 돌기, 멈춰 서기의 연습이었다. 나도 S편집장도 수없이 넘어졌다. 타고 내려가려다가 넘어지고, 커브를 돌다가 넘어지고, 멈춰 서려다가 넘어지고, 넘어지기도 전에 미리 넘어지는 판이었다. 하지만 이게 아주 재미가 있었다. 44세와 43세 아저씨 둘이 눈 범벅이 되어 쾅당쾅당 넘어지고 있으니 재미있지 않을 리가 없다. 참고로, T여사는 스윽스윽 잘 타고 있었다.

단언컨대 지금까지 내 인생에서 가장 많이 넘어진 날이었다.

이따금 멈춰 서서 우리를 지켜보기도 했다. 나와 S편집장의 우선 당장의 목표는 T여사로 하자고 얘기가 되었다.

두 시간쯤 레슨을 받고 났더니 그럭저럭 턴 비슷한 것을 할 수 있었다. 나 스스로도 상당히 뜻밖이었다.

"엇, 엇, 엇, 탄다, 탄다, 엇, 엇, 돌았다, 돌았다, 엇, 엇, 또 돌았다, 돌았다, 잘 타네, 잘 타네, 보드가 쭉쭉 나가네, 쭉쭉 나가네, 아저씨가 스노보드 쭈욱쭉 잘 타네."

설마 그런 식으로 입 밖에 내서 말한 것은 아니지만 마음속의 부르짖음은 대략 그런 느낌이었다. 한발 늦게 온 M씨도 연신 카메라를 들이대며 "처음인데 그 정도면 아주 잘 타는 거예요"라고 말해주었다. (주: 공치사가 포함된 말이라는 것을 눈치 채지 못할 만큼 둔감하지는 않다.)

결국 저녁때까지 쉬지 않고 연습했다. 땀에 흠뻑 젖어 온몸이 후줄근해졌다. 온천물에 몸을 담그고 사지를 쭉 펴며 스트레칭을 하자 너무도 큰 쾌감이 몰려와 하마터면 기절할 뻔했다.

저녁식사 후, M씨의 제안에 따라 밤거리로 휘적휘적 놀러나 갔다. 위스키 미즈와리*를 마시면서 낮에 비디오로 찍어달라고 부탁해둔 나의 스노보드 타는 모습을 들여다보았다. 화면 속에서 나는 거의 매번 넘어졌다. 하지만 어쩌다 한 번씩은 타고 내

---

*위스키에 물을 넣어 마시는 것.

려가기도 했다. 그리고 턴도 했다.

내 머릿속에 다시금 제임스 본드의 멋진 질주가 되살아났다. 언제쯤에나 나도 그런 식으로 내달릴 수 있을까, 그런 날이 과연 오기는 올까.

뭐, 됐다. 우선은 첫걸음을 내디뎠다.

2002년 3월

히가시노 게이고의 **무한도전**

아저씨 스노보더, 분투 중

그렇게 스노보드에 푹 빠져버렸다. 다시 또 글을 써내라고 해서, 따분하다는 얘기를 들을 각오로 제2편을 쓰기로 했다. 그런데 지난번 글의 제목에 대해 잡지 《스노보더》의 편집장 M씨가 이런 의견을 보내왔다.

"'보더'가 아니라 '스노보더'라고 정식으로 써주시면 좋겠어요. 아니면 '라이더'라고 해도 좋습니다."

아, 그렇구나, 이런 단어 하나에도 나름대로 고집이 있는 것이다. 신입인 나로서는, 선배의 의견에는 오로지 순종만이 있을 뿐이다. 그래서 이번 글은 제목을 '아저씨 스노보더'라고 붙이기로 했다.

가라유자와에서 스노보드 첫 체험을 무사히 마쳤지만, 온몸의 뼈마디가 죄다 쑤시는 증세가 사라지자마자 또다시 스노보드를 타고 싶어서 견딜 수가 없었다. 게다가 날짜는 이미 3월로 접어들었다. 여기서 꾸물거렸다가는 이번 시즌이 끝나버린다.

초조해진 나는 즉시 미나카미고원 스키장에 가기로 결의했다. 왜 미나카미고원인가 하면, 그리 큰 이유는 없다. 굳이 이유를 대자면 가라유자와에 가기 전에 추천받은 장소가 미나카미고원이었기 때문이다. 벌써 오래도록 스키장을 찾은 적이 없었던 나는 어디에 어떤 스키장이 있는지 전혀 알지 못했다.

스키장의 호텔은 예약했다. 하지만 그때까지 약간 날짜가 남아 있었다. 그래봤자 단 며칠이지만……

지난번 글에도 등장한 T여사에게 전화를 걸어보았다.

"자우스가 9월에 폐쇄된다고 하던데? 그 전에 한 번 가볼까?"

"좋죠. 언제든 동행하겠습니다."

몇 년 만에 스노보드를 탔다는 T여사도 가고 싶은 눈치였다. 그녀가 S편집장에게 보고했더니 회의 일정을 변경해서라도 가겠다고 했다고 한다. 모두 합해 120세가 넘는 연로 트리오, 참 기운도 좋다.

참고로 '자우스'라는 곳은 치바현에 자리한 세계 최대급의 실내 겔렌데다. 일 년 내내 탈 수 있다는 장점 때문에 인기가 높은데 이런저런 사정으로 폐쇄가 결정된 것이다.

약속장소에서 T여사를 만나 내 차에 태우고 자우스에 갔더니 S편집장은 벌써 건물 앞에서 기다리고 있었다. 게다가 옷까지 갈아입은 상태다. 스노보드 부츠를 신고 머리에 니트모자까지 쓰고 있었다. 이런 의욕은 대체 어디서 나온 것인가. 직장에서도 이만큼 활력 넘치게 일하시나, S편집장? 얘기를 들어보니 드디어 보드 판과 바인딩*을 구입했다고 한다. 단 부츠는 누군가에게서 물려받은 것(구입하세요!)이고, 보드복은 여전히 빌린 것이었다(구입하시라니까!).

인사도 대충대충 하고 우리는 자우스로 들어갔다. 평일 오전 시간이라 분명 텅텅 비었을 거라고 예상했는데, 이런, 고등학생인 듯한 아이들로 북적거리고 있었다. 어떻게 된 거야, 라고 우리는 서로를 마주보았다.

아무래도 고등학교가 봄방학에 들어간 모양이었다. 그래서 시간이 남아도는 고교생들이 잠깐 스노보드라도 타볼까, 하고 몰려온 것이다.

고등학생들 사이에 모두 합해 120세가 넘는 트리오라니, 이건 일반적으로 말하자면 상당히 난감한 상황이다. 하지만 우리는 아랑곳하지 않았다. 어쨌든 가라유자와에서 실력을 연마하고 온 몸인 것이다.

지난번 레슨 내용을 떠올려가며 두 시간쯤 탔을 때, S편집장은 일 때문에 돌아가지 않으면 안 되었다.

"아, 안타깝다."

입으로는 그렇게 말했지만 마음속으로는 고소해하며 킥킥킥 웃었다. 당신보다 연습을 더 많이 할 수 있어, 내가 한참 앞서갈

---

*부츠를 보드 판에 부착하기 위한 기구.

거야, 라는 웃음이다. S편집장은 자못 억울한 듯 나를 자꾸만 돌아보면서 자우스를 떠났다.

그 뒤로도 스노보드 타임이 종료될 때까지(자우스는 스노보드 타임과 스키 타임이 나눠져 있다) 나와 T여사는 신나게 탔다. 얼마나 열심히 탔는가 하면 다음 날 아침에 일어난 T여사가 자신의 하반신에 이변이 일어난 것을 깨닫고 서둘러 파스를 더덕더덕 붙였을 정도다. (이 서술은 T여사의 고백에 따른 것이다)

자우스에서 지난번 레슨의 복습을 마친 나는 그 이틀 뒤에는 미나카미고원 스키장의 겔렌데에 서 있었다. 이건 S편집장은 모르는 일이다. T여사에게도 절대 말하지 말라고 당부했다. 완전히 따돌린 채 비밀리에 감행한 연습이었다.

하지만 계산 착오가 있었다. 미나카미고원 스키장은 어느 쪽인가 하면 가족 동반객이 많은 편이었다. 그게 왜 문제인가 하면, 압도적으로 스노보더보다 스키어가 많은 것이다.

부부가 나란히 스키를 타면서 자녀들에게 스키를 가르쳐주는 광경이 곳곳에서 눈에 띄었다. 부모 쪽의 나이는 대체적으로 나와 비슷한 정도다. 즉 스노보드 세대가 아니라는 얘기다.

그들을 관찰하는 사이에 나는 한 가지, 뭔가 왜곡되고 있다는 느낌을 받았다. 부모들이 자녀들에게 스키만 타야 한다고 세뇌시키는 것처럼 보인 것이다. 자칫 아이들의 관심이 스노보드 따위에 향하지 않도록 계속 엄격한 눈빛으로 지켜보는 것 같았다. 아이가 스노보드 같은 것에 푹 빠졌다가는 스키를 통해 부모의 위대함을 보여주려는 의도는 물거품이 될 것이다, 그뿐만이 아니라 겔렌데에서 함께 즐길 수도 없다, 아들이나 딸을 저 얄미운 스노보드 따위에 빼앗겨서는 안 된다, 라는 식이다. 아니, 어쩌면 이건 나의 배배 꼬인 시선 때문인가.

뭐, 그건 어찌됐든 상관없다. 아무튼 미나카미고원에는 스키어가 압도적으로 많았다는 얘기다. 겔렌데 자체도 오로지 스키를 위해 만들어진 것 같았다. 그 탓에 스노보드를 마음껏 탈 수는 없었다. 하지만 출발 전에 머릿속에 단단히 주입해둔 이론을 실천해볼 기회는 충분히 가졌다. 그 이론이란《스노보더》와《스노보드를 잘 타는 가장 빠른 마스터 방법-5일》등의 스노보드 전문 잡지를 통해 얻은 것이다. 특히《스노보드를 잘 타는……》은 대단하다. 아무튼 이 책을 바탕으로 연습하기만 하면 단 5일 만에 하프파이프*, 점프까지 마스터할 수 있다는 것이다. 하지만 나중에 이 잡지의 책임자이기도 한 M씨를 추궁해봤더니 "그건 거짓말이에요"라고 깨끗이 실토했다. "단 5일 만에 그렇게까지 할 수 있을 리가 없잖습니까, 하하하"라고 시치미를 뚝 떼며 웃어젖혔다. 분명 그럴 거라고 생각했었기 때문에 딱히 화가 나지

---

*half-pipe. 파이프를 세로로 자른 듯한 반원통형 슬로프. 점프와 회전 등의 공중연기가 가능하다.

는 않았다.

2주일쯤 뒤에 미나카미고원에서의 일을 S편집장에게 말했더니 그는 도끼눈을 뜨며 항의했다.

"아니, 그건 안 되죠. 너무 비겁한 거 아닙니까? 자기만 실컷 연습하고, 허참, 지저분하시네, 어떻게 그럴 수가 있습니까."

웃으며 너그럽게 용서해줄 거라고 생각했던 나는 그의 어른스럽지 못한 감정 폭발에 눈알만 데굴거릴 수밖에 없었다. 마흔 넘은 사람이 자기 몰래 연습 좀 했다고 그렇게 억울해하다니, 이럴 수가 있나. 하지만 그도 그만큼 스노보드에 온통 마음을 빼앗겼다는 얘기일 것이다.

어지간히 억울했던 것이리라. S편집장은 즉각 T여사에게 제2회 스노보드 투어를 추진하라고 지시했다. 그러나 이 투어 계획이 여간 어려운 게 아니다. 때는 이미 4월, 겔렌데의 눈은 점점 사라지고 있다. 그뿐인가, 이제 슬슬 스키장 영업을 종료할 채비에 들어간 곳이 대부분인 것이다.

T여사는 고심 끝에 행선지를 가구라-다시로 스키장으로 정했다. 이 일대는 표고가 높아서 5월 황금연휴 무렵까지도 활주가 가능하다.

단 숙박은 나에바 프린스호텔에서 하기로 했다. 실은 이번 시즌부터 나에바 스키장과 가구라 스키장이 '도라 곤돌라'라는 어처구니없을 만큼 긴 곤돌라로 서로 연결되었다고 한다. 그 곤돌라를 타보는 것도 이번 여행의 큰 즐거움이 될 터였다*.

그런데 나는 출발 전에 꼭 준비해두고 싶은 게 있었다. 새 보드복을 구입하는 것이다. 얼마 전에 샀으면서 왜 또, 라고 생각하시겠지만 여기에는 심각한 속사정이 있다. 실은 내가 몹시 더위를 타는 체질이다. 땀도 엄청나게 흘린다. 가라유자와에 갔을 때, 보드복 속에 티셔츠 한 장만 입었을 뿐인데도 마치 목욕이라도 한 것처럼 온몸이 흠뻑 젖어버렸다. 따라서 봄에 입을 만한 얇은 보드복이 필요했다.

스포츠점이 줄줄이 들어선 간다에 나가보았다. 역시 겨울스포츠 코너는 부쩍 줄어들었다. 그래도 스노보드 용품을 대폭 할인 판매하는 가게가 있어서 그곳에 들어서자마자 나는 점원에게 이 가게에서 가장 하늘하늘한 보드복을 달라고 말했다.

"하늘하늘한 보드복?" 점원은 눈이 둥그레졌다.

"예, 덥지 않은 걸로."

내가 사정 이야기를 했더니 그녀는 마침 한가한 시간이었는지 열심히 찾아주었다. 그녀가 권한 것은 천이 얇고 게다가 후드가 달리지 않은 타입의 옷이었다.

---

*니가타현 유자와 지역은 도쿄에서 거리가 가깝고 표고가 높아 약 15개소의 스키장이 몰려 있다. 나에바 스키장은 프린스호텔이 운영하는 곳으로, '도라 곤돌라'로 유명하다. 가구라–다시로 스키장은 운영사가 같은 두 개의 스키장이다.

"후드가 없으면 남들 보기에도 시원하거든요."

"오호."

입어보니 아닌 게 아니라 시원한 것 같았다. 남들이 어떻게 보건 상관없지만 그녀의 노력을 높이 사서 그걸로 구입하기로 했다.

자아, 준비도 완벽하고, 이제 출발이다. S편집장이 운전하는 차를 타고 우리는 우선 나에바로 향했다. 인터넷으로 검색해보니 그 시점에 나에바 스키장의 적설량은 110센티미터로 나와 있었다. 하지만 막상 도착한 뒤에 우리가 목도한 것은 거뭇거뭇한 땅바닥에 듬성듬성 때 묻은 눈이 달라붙었다는 느낌의 겔렌데였다. 심한 곳은 아래가 골프장이라는 게 고스란히 드러났다. 그린이며 벙커가 훤히 보이는 것이다. 나에바 쪽에서도 잠깐 타보려고 했던 내 계획은 완전히 날아가버렸다.

"이게 뭐야? 이건 겔렌데가 아니잖아."

"아무래도 도라 곤돌라로 이동하는 부분에만 눈을 쌓아둔 것 같아요." T여사가 말했다.

그리하여 우리는 차로 직접 다시로 스키장까지 가기로 했다.

마침내 다시로 스키장에 도착했는데 로프웨이에 올라가보고 깜짝 놀랐다. 눈 아래로 보이는 모든 것이 온통 새하얀 빛이다. 4월 중반에도 이런 곳이 있구나, 하고 감격해버렸다.

당장 스노보드를 장착하고 타고 내려갔지만 안타깝게도 경사

봄부터 시작하는 바람에 스노보드는 무더운 스포츠라는 도식이 내 안에 생겨버렸다.
추운 스포츠라고 인식한 것은 그로부터 8개월 뒤였다.

도는 그다지 크지 않았다. 초보자 수준으로도 거의 넘어지는 일 없이 쉭쉭 타고 내려갈 수 있는 것이다. 이래서는 연습이 안 되겠다고 다시 가구라로 향하기로 했다. 다시로에서 가구라까지는 리프트를 갈아타고 스노보드로 임도(林道)도 타고 넘어가야 한다. 실제로 그쪽으로 향하고 보니 너무 긴 여정이어서 나중에는 좀 지겨워졌다. 스노보드를 탄다고 해봤자 실제로는 길을 따라 곧장 걸어가는 것뿐이다. 경사면이 완만해서 중간에 속도가 점점 떨어지면 초조해진다. 스키와는 다르게 스노보드는 일단 멈춰서면 어떻게도 할 수 없기 때문이다.

실제로 S편집장은 자꾸 뒤처졌다. 왜 그러냐고 물어봤더니 중간중간 멈춰버리기 때문이라고 한다. 나는 되도록 그의 뒤쪽에서 출발했는데도 자꾸만 추월하게 되었다. 몸무게 차이도 있었기 때문이겠지만 그렇다고 쳐도 그의 보드는 도무지 나가지 않았다. 그 원인은 다음 날 아침 왁스를 바를 때 밝혀졌다. 매사에 '귀차니즘'인 그는 보드 판의 왁스칠도 대충 해버린 것이다. 처덕처덕 발라두기만 하면 된다는 경향까지 있었다. 다만 본인의 말에 따르면 "그것도 나름대로 꼼꼼하게 바른 것"이란다.

가구라에 도착한 우리를 기다린 것은 참으로 멋진 겔렌데였다. 기복이 풍성하고 경사도도 충분한 곳이다. 기분 좋게 몇 차례 타고난 뒤, 잠시 휴식에 들어갔다. 레스토랑에 가려면 그때까지와는 다른 코스를 타고 가지 않으면 안 된다.

여기서 생각지도 못한 일이 우리를 기다리고 있었다. 경사면 전체가 올록볼록 얕은 봉우리였던 것이다. 게다가 하나하나가 허리쯤까지 오는 높이였다. 다른 스노보더들도 역시 그 앞에서 망설이고 있었다.

하지만 왜 그런지 여기서 나의 아드레날린이 급상승했다. T여사와 S편집장이 멈춰 서 있는 것도 아랑곳하지 않고 냅다 그 봉우리들을 향해 몸을 날렸다.

달리고 날아오르고 넘어지고, 다시 일어서서 달리고 턴을 하고 튕겨져서 구르고, 그런 패턴의 연속이었다. 그래도 몇 분 뒤에 나는 레스토랑 앞에 도착해 있었다.

한참 뒤처져서 내려온 두 사람과 레스토랑에서 휴식시간을 가졌다.

"아휴, 그 올록볼록한 곳에서는 진짜 애를 먹었어요."

"근데 그건 대체 뭐였을까요?"

T여사가 들고 온 지도를 확인해보고 깜짝 놀랐다. 우리가 타고 온(탔다기보다 굴러온) 코스에 '모굴 밴'이라고 적혀 있었기 때문이다.

"모굴이라고? 사토야 다에* 같은 선수들이 달리는 코스잖아?"

그런 코스에서 잘 타는 건 정말 무리라고 셋이서 웃었지만, 그

---

*1976~. 프리스타일 스키 모굴 선수로, 나가노 올림픽 금메달리스트.

때 은밀히 내 마음속에 목표가 생겼다. 그런 울퉁불퉁한 곳을 스노보드로 돌파할 수 있다면 얼마나 재미있을까. 좋아, 언젠가는 꼭 타고 말겠다, 라는 것이다.

그날 밤은 나에바에서 자고 다음 날 아침에 우리는 드디어 도라 곤돌라에 몸을 실었다. 승차 시간은 약 15분. 이건 정말 대단하다. 어이없을 만큼 대단하다. 경사면을 따라 쿠우웅 올라가는가 싶더니 제트코스터 못지않은 각도로 콰르릉 떨어진다. 고소공포증인 사람은 몹시 괴롭겠다고 생각하고 있는데, 내 바로 옆에서 S편집장이 얼음처럼 바짝 굳어 있었다.

그날도 가구라 스키장을 중심으로 실컷 탔다. 기온이 높은 탓에 눈이 흐물흐물했지만, 그것이나마 있어주는 게 다행이다. 게다가 월요일 오전 시간이라 사람이 적었다. 덕분에 자유롭게 탈 수 있었다.

하지만 좋은 일만 있었던 것은 아니다. 곳곳에서 리프트가 운행을 중단했기 때문이다. 이래서야 나에바로 돌아갈 수나 있을지, 적잖이 불안해졌다.

점심때까지 탄 뒤에 다시 도라 곤돌라를 타고 나에바로 돌아왔다. 옷을 갈아입고 차에 탔지만 곧장 도쿄로 돌아가는 게 아니다. 다시로의 온천에 들렀다가 가자고 얘기가 되었다.

스노보드에 지친 몸을 온천물로 달랜 뒤에는 당연히 맥주다.

하지만 여기서 문제가 생겼다. S편집장은 운전을 해야 하는 것이다.

"어머, 미안해서 어쩌나? 자아, 그럼 히가시노 씨, 건배할까요?"

T여사가 행복이 철철 넘치는 얼굴로 맥주잔을 내밀었다. 나도 거기에 내 잔을 쨍하고 맞췄다. 우리 두 사람 사이에는 어묵탕이 있고 풋콩이 있었다. S편집장은 우롱차 컵을 들어 올렸다. 그의 자리에는 유부 가락국수가 있었다.

마른 목을 시원한 생맥주로 축이면서, 돌아가는 차 안에서는 최소한 잠은 안 자도록 하자고 생각했다.

2002년 4월

월드컵 경기를 관전했습니다

월드컵 개최지가 일본으로 정해졌을 때*, 솔직히 말해서 별로라고 생각했다. 그 바람에 분명 또 세금을 물 쓰듯 펑펑 써버릴 게 틀림없고, 가동률에 대한 전망도 없는 스포츠 시설을 잔뜩 지어댈 것이다, 누군지도 모르는 외국인 서포터들이 우르르 몰려들어 그대로 불법 체류하는 경우도 적지 않을 것이다, 라는 부정적인 상상만 발동했던 것이다.

하지만 막상 뚜껑을 열고 보니 내가 생각했던 만큼 나쁜 일은 일어나지 않았다. 외국인 서포터는 대부분 점잖은 사람들이었다. 훌리건이 나타나지도 않았다. 찬찬히 생각해보니 처음 개최가 정해졌던 시점과 현재 시점은 다양한 면에서 상황이 달라졌다. 한마디로, 난동을 부리기 위해 극동의 섬나라까지 일부러 찾아오기에는 여비가 지나치게 많이 든다. 불법 체류를 하고 싶을 만큼 현재의 일본에 매력이 있는 것도 아니고 일자리도 없다.

다만 세금을 물 쓰듯 펑펑 써버리는 것에 대해서는 아마도 예상했던 그대로였을 것이다. 축구에는 전혀 관심도 없으면서 이

*2002년 한일 월드컵을 말한다.

번 기회에 한 몫 단단히 거머쥐려는 뱃속 검은 영감들이 많기 때문이다. 누군가 돈을 번다는 것은 누군가 손해를 본다는 것이다. 결국 손해를 보는 건 누구인지, 몹시 마음에 걸린다. 건전하게 축구를 응원하고 즐기려 했던 국민에게만 피해가 가는 건 아닐까.

갑자기 이런 심각한 얘기를 늘어놓는 데는 이유가 있다. 이 원고를 쓰고 있는 지금은 월드컵 결승전이 끝나고 일주일이 지난 참이기 때문이다. 축제 뒤의 쓸쓸함, 이라는 것에 완전히 텐션이 떨어져 있다. 그 열기는 대체 무엇이었는가, 라는 식으로 지난 한 달을 되돌아보고 있다. 여름날의 사랑을 가을 하늘을 올려다보며 추억하는 것 같은 느낌이다. 아마도 이런 감상에 젖는 사람이 많지 않을까.

솔직히 실토하자면 월드컵이 시작되기 전까지는 축구에 그다지 관심이 없었다. 하지만 전혀 경기를 관전할 마음이 없었던 것은 아니다. 스포츠라고 이름 붙은 것에는 예외 없이 흥미가 있고, 아마 다른 사람들보다는 그 방면의 지식도 풍부할 것이라는 자신감도 있다. 다만 축구는 항상 나에게는 약점이 되는 분야 중 하나다. 왜 그런지는 나도 잘 모르겠다. 축구에 관한 지식을 쌓으려고 J리그 발족 당시에 스포츠신문을 정기 구독하기도 하고 축구 잡지를 사서 모으기도 했었는데…….

그래서 월드컵이 시작되어도 일본전과 우승 후보의 경기 몇 편을 보는 정도일 거라고 예상했었다. 경기장까지 가는 건 꿈도 꾸지 않았다.

그런데 준결승과 결승을 관전할 기회가 갑작스럽게 굴러들어 왔다. 이건 좀 놀랄 일이었다.

"가, 가, 가셔야 해요. 이 기회를 놓치면 이, 이, 이번 세기에 다시는 일본에서 볼 수 없어요. 가셔야 합니다. 주, 주, 죽어도 가야 해요."

전화를 걸어온 K카와쇼텐 출판사의 담당 편집자 E는 흥분한 어조로 말했다. 그 역시 축구에 관해서는 그리 잘 알지 못할 터였다. 그런데도 티켓이 자기 손에 들어오자마자 그 꼴인 것이다.

"관전할 수 있는 건 고맙지만, 그런 달콤한 티켓이 공짜로 주어질 리가 없잖아. 뭔가 교환조건이 있는 거지?"

"아니, 아뇨, 진짜 별거 아닙니다. 그게 말이죠, 경기를 관전하시고 짧막한 글 한 편만 써주시면 돼요, 헤헤헷."

어이구, 역시 일과 관련된 것인가. 하긴 그럴 거라고 이해하면서도 혼자 쓸쓸하게 웃었다. 결승전 티켓의 희소가치는 천하가 다 아는 사실이다. 준결승과 결승을 관전할 예정이라고 하면 주점에서 젊은 여인들에게 인기를 독차지하는 건 확실하지 않을까. 당장 긴자의 주점에 놀러나가 월드컵을 관전할 거라고 마구 자랑을 쳤다. 자아, 다들 선망과 동경의 시선으로 바라봤는가 하면, 그러기는커녕 그 즉시 엄청난 비난이 빗발쳤다.

"어떻게 당신 같은 축구 바보가 그런 경기를 보러 갈 수 있죠?"

"나는 기를 쓰고 알아봤는데도 티켓을 못 얻었는데, 아아악!"

"그 티켓 나한테 건네줘요. 내가 대신 가줄게."

"내놔요, 티켓. 어라, 빨리 내놓으라니까?"

그야말로 온몸을 훑어서라도 빼앗아갈 기세였다. 간신히 도망쳐 나왔다.

하지만 그녀들의 마음도 이해는 된다. 애초에 이번 티켓 소동은 너무 심했다. 열성적인 팬이 아무리 기를 쓰고 구하려 해도 보답을 받지 못하다니, 이건 틀림없이 불합리한 일이다. 티켓 판매 시스템은 지나치게 난해하고 번거롭고 비효율적이었다. 그런데도 FIFA 공식대행업체인 영국 바이롬사(社)는 나 몰라라 하고, 일본 정부는 이미 어떻게도 수습할 수 없을 만큼 상황이 헝클어진 다음에야 겨우 문제 해결을 검토 중이라고 한다.

그런 정황을 생각해보면 나 같은 사람에게 이 관전 티켓은 그야말로 돼지에게 진주인 것이다. 정말로 돼지가 되지 않기 위해서는 경기 당일까지 벼락치기 축구 팬이 될 필요가 있었다. 그날부터 시간이 허락하는 한, 모든 경기를 텔레비전으로 시청하기로 했다. 뭐가 뭔지 모르는 것도 많아서 친구 하세 세이슈*에게

---

*1965년생. 추리작가. 출판 편집자. 프리랜서 게임라이터. 축구 애호가.

수업을 받기도 했다. 반짝 팬이건 벼락치기 팬이건 아무튼 당당하게 경기장에 가고 싶었던 것이다.

준결승까지 십여 개의 경기를 텔레비전으로 봤다. 그리 대단한 건 아니라고 하겠지만 나로서는 월드컵 개막 전에 예정했던 경기 수를 훨씬 웃도는 것이었다. 다만 모든 경기를 지상파와 BS*로 봤다. 그 얘기를 했다가 하세 세이슈에게 바보 취급을 당했다.

"진짜 뭘 모르시네. 텔레비전으로 볼 거라면 당연히 '스카파**'로 봤어야죠. 엄청 열광적인 아나운서가 있는데."

그래봤자 그 아나운서가 화면에 나오는 것도 아니고 굳이 채널을 고정할 필요는 없는 거 아닌가, 라고 생각했다.

브라질과 잉글랜드의 준준결승전에서는 솔직히 말해서 잉글랜드를 응원했다. 베컴을 경기장에서 실제로 볼 수 있다면 다들 한층 더 부러워할 것이고 주점에서 나의 인기도 치솟을 거라고 생각했다. 한마디로, 아직 정신을 못 차렸다는 얘기다.

하지만 결국 브라질이 이겨서 그 상대는 터키로 정해졌다.

결승전이 펼쳐지는 곳은 다들 잘 아시다시피 사이타마 경기장이었다. 내 차를 타고 갔지만 주차장에서 경기장까지의 거리가 정말 멀었다. 게다가 경기장에 도착한 다음에도 빙글빙글 우

---

*broadcasting satellite. 위성방송.
**유료 다중채널 방송 및 스트리밍 동영상 서비스 회사 〈SKY Perfect TV〉의 약칭.

회해야 하질 않나, 여기저기서 티켓을 확인하질 않나, 내 자리에 도착하기도 전에 파김치가 되어버렸다. 6월 초여름인데 날씨까지 쌀쌀했다. 더위를 타는 나도 그날은 옷을 두툼하게 입고 갔다.

사이타마 경기장이라면 잔디 상태가 괜찮을지, 월드컵 개최 전부터 우려했던 곳이다. 하지만 별 문제는 없었던 모양이다. 스탠드에서 내려다보니 깔끔하게 깎은 잔디 무늬가 CG 화면처럼 아름다웠다. 그리고 노도와 같은 박수와 환성 속에 양 팀 선수가 모습을 드러냈다. 이 또한 아름다웠다. 잔디와 유니폼의 대비가 예술적이다. 마치 컴퓨터게임을 보는 것 같았다.

물론 우아한 것은 거기까지였고, 킥오프와 동시에 육체와 정신과 기량을 무기로 인간 대 인간의 전투가 시작되었다. 아름다운 유니폼은 금세 땀에 젖고 흙 범벅이 되었다.

선수들은 공을 쫓아 달리고 그 순간순간 경험을 살려서, 혹은 본능적으로 가장 좋은 방책을 강구하려고 한다. 그것은 프로 장기(將棋) 기사가 한 순간에 여러 가지의 수(手)를 생각해내고 그 중 가장 좋은 수를 선택하는 것 같은 일이다. 나 같은 사람은 선수들의 심원한 생각은 짐작도 할 수 없어서 오로지 공과 선수, 양쪽을 눈으로 쫓아갈 뿐이다. 머리로는 도저히 따라잡을 수가 없다. 생각을 좀 해보려고 하면 벌써 상황이 달라져 있다. 축구에 정통한 사람이라면 그 순간순간에 선수의 의지를 짚어낼 수 있는 것이리라.

건방진 말을 하자면, 축구의 매력이란 바로 그런 부분에 있다고 생각된다. 게임의 승패는 당연히 공의 행방에 의해 정해지지만, 그것을 조종하는 이는 두말할 것도 없이 선수인 것이다. 그들의 의지를 간파하지 않고서는 참된 의미에서 축구를 봤다고 할 수 없는지도 모른다.

하지만 이제 새삼 그런 한탄을 해봤자 때늦은 일이고, 어쨌든 공이 왔다 갔다 하는 것을 열심히 눈으로 따라잡기로 했다. 그런데 나 말고도 축구에 대해 잘 모르면서 관중석에 와 있는 듯한 사람들이 많았다. 내 옆에 앉은 아주머니는 전반전 거의 대부분을 쌍안경으로 다른 관객들을 살펴보는 데 썼다.

"어머, ××씨는 저기 앉았구나. 어라, ○○씨는 어디 있지?"라는 식이다. 이 아주머니는 대체 어떻게 티켓을 입수한 거냐고요.

전반은 0대 0. 아마추어의 눈으로도 터키가 최선을 다해 뛴다는 것은 알 수 있었다. 일본전 때와는 전혀 다른 인상이었다. 일찌감치 이런 터키를 상대했다면 일본도 그렇게까지는 선전하지 못했을 것이라는 생각이 저절로 들었다.

그런데 관중석의 90퍼센트 이상이 브라질을 응원하는 것 같아서 적잖이 저항감이 느껴졌다. 브라질이 인기 팀이기 때문인지 아니면 터키가 일본을 꺾고 4강에 올라왔기 때문인지는 모르겠지만, 이건 너무한 거 아닌가 싶었다. 그야 어느 쪽을 응원하건 개인의 자유겠지만, 홈 앤드 어웨이 게임*도 아닌데 관중의 응원에 현격한 차이가 나는 것은 불공평하다는 마음이 들었다. 브라질 팀의 유니폼까지 입고 있는 사람들이 많았다. 터키 유니폼을 입은 사람이라고는 한 명도 없는데. 그 대신 이 판국에 베컴의 이름이 적힌 잉글랜드 유니폼을 입은 남자가 눈에 들어왔다. 대체 무슨 생각을 하는 건가. 게다가 머리는 왜 그런지 깍두기머리다. 아니나 다를까 그는 약간 겸연쩍은 듯한 기색이었다.

원래부터 약자를 딱하게 여기는 성향인 나는 분연히 터키를 응원하기로 했다. 동양인과 비슷한 체형으로 막강한 브라질에 맞서고 있지 않은가. 응원해주고 싶어지는 게 인지상정 아닙니까.

하지만 세상일은 내 뜻대로 풀리지 않는다. 후반전에 접어든 지 얼마 안 된 참에 호날두가 공을 넣어버렸다. 아아, 이걸로 끝인가 하고 낙심했지만, 그래도 역시나, 라고 할까, 그래서 더더욱 터키 측을 응원했다. 일본인은 자신과 직접적인 관계가 없을 때는 패자를 응원하는 습성이 있는 것이다. 나는 공을 눈으로 따라가면서 마음속으로 외쳤다. 파이팅, 까까머리! 파이팅, 상투머리!(터키 팀을 아는 사람이라면 '까까머리'와 '상투머리'가 어떤 선수인지 단박에 알 것이다.)

---

*자기 팀과 상대 팀의 홈그라운드에서 번갈아 경기하는 방식을 말한다.

하지만 이게 웬일인가. 브라질이 리드하고 있는데도 여전히 수많은 관중이 일방적으로 브라질을 응원했다. 이봐요, 저기 저 누님, 브라질이 공격할 때마다 벌떡벌떡 일어서지 말아요! 나는 점점 더 기분이 나빠졌다.

내 기분 따위 아랑곳할 것 없이 시간이 흘러가 마침내 경기가 끝이 났다. 기뻐하는 브라질 팬에게 곁눈질을 하면서 경기장을 나섰다. 진짜 재미없다. 하지만 이건 내가 응원한 팀이 졌기 때문일 뿐, 경기 자체는 재미있었다. 처음 관전한 축구가 이런 멋진 시합이어서 다행이라고 생각했다.

그런데 그 나흘 뒤에 벌써 결승전이다. 브라질과 독일이라는, 결승전 사상 최초의 조합이었다. 장소는 요코하마. 교통 통제가 실시된다고 오후 5시까지는 경기장에 입장해달라는 주의 사항이 있었다. 그래서 일찌감치 출발했는데 고속도로가 텅 비어서 예정보다 훨씬 일찍 도착해버렸다. 앞으로 세 시간 반을 대체 뭘로 때워야 하나.

추리작가 하세 세이슈, 스포츠라이터 가네코 다쓰히토 등과 합류해 리셉션 회장으로 갔다. 취하지 않을 만큼만 맥주와 와인을 마시며 주위를 둘러보니 어디선가 본 듯한 인물들이 줄줄이 나와 있었다. 라모스*가 참석한 것은 뭐 당연한 일인가. 그런데

---

*1957~. 브라질 리우데자네이루 출신으로, 1977년부터 일본의 실업팀 및 대표팀 축구 선수로 맹활약을 펼쳤다. 선수 은퇴 후 2005년부터는 각 프로 팀의 축구 감독을 맡았다.

록밴드 튜브의 마에다 노부테루가 와 있는 것은 무슨 까닭인가. 그리고 자이언츠의 우에하라 선수와 고토 선수도 나왔다. 마에다와 우에하라는 브라질 유니폼을 입고 있었다. 자기 돈 내고 구입한 것은 아닐 테고, 아마도 협찬품일 터였다. 티켓을 드릴 테니 이 옷을 입고 응원해달라, 라는 식이었을까. 그렇다면 고토 선수가 독일 유니폼을 입고 있는 것은 어째서일까.

하세 세이슈와 가네코 다쓰히토의 얘기를 들으면서 나도 벼락치기 축구 토막상식 등을 풀어놓는 동안에 경기 시작 시간이 다가왔다. 항상 그렇지만 이번에도 경기장까지의 거리는 멀었다. 항상 그렇지만 이번에도 소지품 검사를 당했다.

그나마 이번 좌석은 호화판이었다. 무엇이 호화판인가 하면 해설진이 내 주위에 포진하고 있는 것이다. 대각선으로 뒤쪽은 하세 세이슈와 가네코 다쓰히토, 내 옆자리는 또 다른 스포츠라이터 다마키 마사유키. 웬만한 텔레비전 스페셜 프로그램 못지않은 면면이다.

경기장을 한 바퀴 둘러보니 관중석에 역시나 뭉텅뭉텅 빈자리가 있었다. 티켓 문제는 마지막까지 해결되지 않았다는 얘기인가. 이건 주점의 여인들에게도 꼭 보고해야 할 일이다.

그리고 드디어 경기가 시작되었다. 이번 경기에 대해 브라질 공격진과 독일 골키퍼 칸의 대결이라는 식으로 소개하고 있었다.

이건 좀 문제가 있지 않은가? 골키퍼가 아무리 훌륭하다고 해도 결국은 어쩔 수 없는 경우가 얼마든지 있을 텐데. 한마디로, 그만큼 독일에는 무기로 내세울 만한 게 없다는 얘기인 모양이다. 중간까지 득점왕 후보에 올랐던 클로제도 실상은 사우디와의 경기에서 대량 득점을 한 것뿐이다.

처음에 하세 세이슈에게서 "결승전은 재미없는 경기가 되는 경우가 많다"는 얘기를 들었다. 양 팀 모두 패하지 않으려고 시종일관 소극적인 축구를 펼치다가 결국 PK전이 되는 일이 적지 않다는 것이다. 그런 따분한 경기는 아니었으면 좋겠다고 생각했더니만 전반전부터 상당히 적극적인 공방이 펼쳐졌다. 나를 둘러싼 세 분 해설가의 이야기를 종합하면 아무래도 독일 팀의 움직임이 예상보다 좋은 모양이다. 이번 대회 기간 중 가장 잘 싸우고 있다는 견해도 나왔다. 아닌 게 아니라 독일 선수는 열심히 뛰었다. 전혀 피로가 느껴지지 않았다. 한국 팀의 그 놀라운 파워를 빨아들였는가 싶을 정도였다.

칸 선수도 변함없이 철벽 수비를 보였다. 아슬아슬한 장면에서도 믿을 수 없을 만큼 빠른 반응 속도로 연거푸 선방을 펼쳤다. "마치 핸드볼 골키퍼의 움직임 같아요"라고 다마키 씨가 말했다. 브라질 공격진과 골키퍼 칸의 대결이라는 말이 실감났다. 하지만 이 경기에서도 관중 대다수가 브라질 팬이었다. 칸이 공을 잡을 때마다 경기장 안에 엄청난 야유가 퍼져갔다. 그래도 칸은 태연히 공을 저 멀리 걷어찼다. 역시 대단하다.

이렇게 되자 내가 취해야 할 입장은 한 가지밖에 없었다. 파이팅, 독일! 파이팅, 칸! 하지만 골키퍼가 아무리 분발해봤자 당연한 얘기지만 점수는 따지 못한다. 전반전은 다행히 0대 0으로 끝났으나 이제 선취점을 독일이 따느냐 마느냐에 승부가 걸린 상황이었다.

오늘의 독일 팀은 지금까지와는 움직임이 전혀 다르다, 라는 것은 세 분 해설진의 공통된 의견이었지만 과연 그 움직임이 언제까지 이어질까. 만일 조금이라도 둔해진다면 승산이 없다는 것은 아마추어인 나도 알 수 있었다.

그 나쁜 예감이 적중한 것 같다. 전반전에는 힘차게 뛰어다니던 독일 팀도 마침내 움직임이 점점 느려졌다. 울트라 맨의 컬러 타이머가 삐익삐익 깜빡거리기 시작한 것 같았다. 그렇게 되자 브라질은 개인기로 단숨에 공격하는 장면이 많아졌다. 그리고 67분, 마침내 칸의 신통력도 끊기고 말았다.

브라질이 공을 넣은 순간, 내 주위의 관중은 하나같이 벌떡 일어섰다. 완전히 축제 기분이다. 브라질 국기를 든 젊은 친구가 통로를 뛰어다녔다.

그 순간에 월드컵이 끝났구나, 라고 생각한 것은 나뿐만이 아닐 것이다. 결과적으로 이 경기는 2대 0을 기록했지만 두 번째 골은 덤 같은 것이었다.

축하한다, 브라질 팀. 이번 대회의 챔피언은 그대들이다.

삼바의 리듬으로 기쁨을 표현하는 브라질 서포터들을 바라보며, 패자를 향한 응원 심리를 발휘하면서 저 팀을 응원하는 시대가 온다면 재미있겠다고 생각했다.

2002년 7월

자우스의 사랑

자우스의 사랑

치바현 후나바시에 자리한 세계 최대급의 실내 겔렌데 '자우스'를 폐쇄한다는 소식은 내가 스노보드를 시작하고 얼마 안 되었을 때 들려왔다. 아직 봄 산에는 눈이 남아 있고 그다지 스노보드에 빠져든 상태도 아니었기 때문에 그 소식을 들었을 때의 느낌은 그저 "아, 그런가, 거품경기의 상징이 또 하나 사라지는구나"라는 정도였다.

그런데 각지의 겔렌데가 일제히 휴장에 들어가자 자우스의 고마움이 절절이 몸에 스미는 것이었다. 드디어 남들처럼 조금 탈 수 있게 된 참이어서 머릿속은 오로지 스노보드로 가득 차 있는 무렵이기도 했다.

5월 중순쯤부터 나 혼자 거의 매주 자우스를 찾아갔다. 고백하자면, 처음에는 몹시 창피했다. 봄이 무르익은 지금 이 시기에도 여전히 스노보드를 타려는 이들은 예외 없이 능숙한 선수일 것이고, 무엇보다 일단 젊디젊은 친구들일 터였다. 나 같은 아저씨가 서투르게 미끄러지는 것을 보면 어지간히 비웃을 것이라고 각오를 단단히 하고 갔다.

하지만 실제로는 예상과 달랐다. 아닌 게 아니라 능숙한 친구들이 많지만 초보자도 적지 않았다. 오히려 반절 넘게 그런 손님이었다. 게다가 능숙한 친구들은 자신의 기술을 향상시키는 데 정신이 팔려 남의 스노보드, 게다가 서툴기 짝이 없는 스노보드 따위, 전혀 안중에 없었다.

그들은 이쪽을 돌아보지 않지만 내 입장에서는 그들의 모습을 잘 살펴보면 크게 참고가 된다. 특히 리프트에 탔을 때는 아래를 내려다보며 기술을 훔치기 딱 좋은 찬스다.

빈번하게 드나들다 보니 가끔 마주치는 사람들이 있다는 것을 알았다. 이른바 단골이다. 그런 사람들은 혼자 오는 경우가 많다. 즉 나도 그런 단골 중의 한 사람이라는 얘기다.

단골은 일단 틀림없이 능숙하다. 아니, 나를 빼고 그렇다는 얘기지만. 그들은 친구가 올 때까지 기다릴 필요가 없으니까 리프트 대기 시간도 짧아서 묵묵히 몇 번이고 스노보드를 탄다. 매너도 좋다.

그런 단골 중에 그녀가 있었다.

위아래 빨간 보드복에 니트모자를 썼고 횡향 고글*을 쓰고 있었다. 리프트 위에서 내려다보니 상당히 눈에 띄었다. 그렇게 차림새도 두드러지는데 엄청나게 잘 타기까지 했다. 턴의 정확도

---

*橫向. 시야가 넓어 옆 방향까지 볼 수 있는 고글. 스노보드는 몸을 옆으로 돌려 타기 때문에 이 고글을 쓰는 경우가 많다.

는 누구보다 뛰어났다. 게다가 임기응변도 상당하다. 상급 코스의 경사면을 레귤러로도 구피로도 능숙하게 타고, 내려오다가 다른 사람과 자칫 부딪히는가 싶으면 슬쩍 몸을 돌려 그랜드 트릭까지 가볍게 해치우고 다시 휙휙 타고 내려가는, 그야말로 눈 위의 빨간 닌자였다. 그녀를 대단하다고 생각한 것은 나뿐만이 아닌 모양이어서 리프트에 함께 탄 다른 사람들도 곧잘 "저 여자, 진짜 대박!"이라면서 감탄했다.

어느 날, 그런 그녀와 리프트를 함께 탄 적이 있었다. 4인승 리프트였지만 그때는 우연히 나와 그녀, 둘뿐이었다. 말을 걸기에는 다시없는 기회였다. 어떻게 말해야 할까. 낯선 사람이 불쑥 말을 건네면 기분나빠하지 않을까. 집적거린다고 오해하면 그것도 난처하고. 스노보더 잡지의 편집자라고 할까. 아니, 아무리 그래도 거짓말은 안 되지…… 이래저래 망설이는 사이에 리프트는 정상에 도착해버렸다. 나의 소심함을 내심 저주하며 빨간 보드복의 그녀가 경쾌한 걸음으로 리프트에서 멀어져가는 것을 지켜보았다.

하지만 이 딱한 사나이를 신께서는 못 본 척하지 않으셨다. 뜻하지 않은 곳에서 그녀와 대화할 기회를 얻은 것이다. 장소는 겔렌데 바로 옆의 패스트푸드점 휴게실이고, 더구나 그녀 쪽에서 먼저 말을 걸었다. 하지만 그것은 "이거, 써도 돼요?"라는 지극히 사무적인 말이었다.

그녀가 '이거'라고 한 것은 재떨이다. 그 패스트푸드점은 항상 붐벼서 재떨이가 부족한 경우가 많았다. 그녀는 내가 쓰던 재떨이를 함께 써도 되느냐, 라고 물어본 것이다.

물론 나는 흔쾌히 괜찮다고 말했다. 여태껏 동경해온 그녀와 마주앉아 커피를 마시는 은총을 받은 것이다.

"손님이 많네요." 나는 마음먹고 말을 건넸다.

"그렇죠? 여름이 되면서 갑자기 더 많아진 것 같아요." 그렇게 말하고 그녀는 담뱃재를 떨궜다. 커다란 눈은 양끝이 살짝 치켜올라갔고 침묵할 때는 입술이 ㅅ자 모양이었다. 그야말로 승부욕 강한 말괄량이 아가씨, 라는 인상이다.

"이제 곧 폐쇄된다고 하니까 서둘러 찾아오는 사람이 많은 모양이에요." 나는 그렇게 말해보았다.

그녀는 고개를 끄덕인 뒤, 창 너머로 겔렌데를 바라보며 불쑥 말했다.

"여기 없어지면 내년부터는 어떻게 해야 할지……."

그 쓸쓸해 보이는 옆얼굴에 나는 가슴이 뭉클했다. 올 2월말에 처음으로 스노보드를 시작한 나와는 다르게, 긴 세월 동안 이곳에서 연습을 거듭했을 게 틀림없는 그녀에게 자우스의 폐쇄는 견디기 힘들 만큼 슬픈 일인지도 모른다.

"시즌 오프 때는 항상 자우스에서?" 나는 물었다.

그녀는 이쪽을 돌아보며 고개를 끄덕였다.

"뉴질랜드에 가기도 하는데 역시 비용이 많이 들어서······. 자우스는 컨디션이 일정하니까 좋거든요."

"프로선수예요?"

"아뇨, 프로는 아니고······ 프로 지망생."

그렇구나, 라고 납득하고 나는 고개를 끄덕였다.

그날 이후로 우리는 마주치면 가볍게 말을 주고받았다. 하지만 기껏해야 "오늘도 꽤 붐비는군요"라든가 "이제 폐쇄까지 정확히 두 달 남았네요"라는 정도의 내용이었다.

8월에 들어서자 자우스를 찾는 손님이 부쩍 증가했다. 평일인데도 리프트를 기다리는 데 10분 넘게 걸리기도 했다. 리프트에 함께 탄 젊은 친구들의 대화에 귀를 기울여보면 화제의 대부분은 자우스 폐쇄에 대한 것이었다.

"이렇게 손님이 많은데도 적자라는 거야?"

이건 자우스를 찾는 사람들이라면 거의 예외 없이 품고 있는 의문이다.

"요즘은 폐쇄한다고 하니까 반짝 붐비는 거고 예전에는 텅텅 비었던 거 아냐?"

"그건 아니야. 평일에 여러 번 왔는데 혼자 전세낸 것 같은 상태였던 적은 없었어."

참고삼아 기록해두자면, 자우스의 입장자 수는 피크일 때 약 1백만 명에 달했다. 그리고 작년에는 약 7십만 명이다. 이것을 떨어졌다고 볼 것인지 안정적이라고 볼 것인지는 판단이 엇갈리는 부분일 것이다. 나는 이런 시설이 피크 때의 70퍼센트를 유지하고 있다면 꽤 괜찮은 상황이라고 생각한다. 그리고 피크 때 찾아왔던 사람들의 말에 따르면 "그때는 너무 붐벼서 도저히 스노보드를 탈 수 없는 상태였다"는 것이다. 즉 혹자 경영에 필요하다고 상정한 입장자 수가 처음부터 무리한 것이었다고 할 수 있다. 생각해보면 경영자 측이 머릿속에 그리고 있던 입장객과 그 실제에서 어긋난 점이 있었던 게 아닐까. 회사에서 퇴근하는 길에 두어 시간 스키를 타고 그다음에는 옆에 있는 바에 들러 술 한잔하고 집에 간다……. 경영자 측은 그런 손님을 상상했던 것 같다. 그래서 '빈손으로 스키 타러 간다!'라는 캐치프레이즈를 내걸고 스키복은 물론 장갑까지 렌털 시스템을 준비한 것이다. 그렇게 생각하면 겔렌데의 넓이에 비해 기묘할 만큼 로커 수가 많은 것도 이해가 된다. 경영자 측에서는 하루 동안 입장객의 회전율을 실제보다 훨씬 더 높게 잡았던 것이다.

하지만 현실은 달랐다. 자우스를 찾는 사람은 대부분 스키나 스노보드 애호가였고 그들은 시간이 허락하는 한, 몇 시간이고 계속 타려고 한다. 게다가 그들은 렌털용품 따위에는 관심이 없다. 자우스가 야심차게 준비했던 바로 옆의 레스토랑과 바의 수익이 전혀 오르지 않았던 것도 당연한 일이다. 그들은 눈(雪)만 채워주면 그걸로 만족하는 것이다.

애초에 그런 입장객들이 끊임없이 찾아주었기 때문에 피크 때의 70퍼센트를 유지할 수 있었다는 게 맞는 얘기일 것이다. 나는 자신 있게 단언하는데, 그 70퍼센트에서 더 떨어지는 일은 없었을 것이다. 왜냐하면 그 70퍼센트는 "자우스가 없어지면 어떻게 해야 하나"라고 난감해하는 사람들이기 때문이다. 설령 입장료를 두 배로 올렸더라도 입장객 수는 반감되지 않았을 것이다.

오지랖도 넓게 내가 이런 분석을 하고 있는 것처럼 자우스를 찾는 다른 젊은 친구들도 저마다 재건에 대한 방책을 한두 개씩은 갖고 있는 것 같았다. 리프트에 탔을 때, 곧잘 그들의 아이디어가 귀에 들어왔다.

"스키어보다 스노보더가 압도적으로 많잖아. 그러니까 스노보드 타임을 좀 더 길게 책정해주면 좋을 거야."

"스키어도 꽤 많은데? 그보다 역시 시간제로 하는 게 좋아. 기본 두 시간으로 정해놓고, 더 타고 싶으면 시간을 연장한 만큼 돈을 더 내면 돼. 그러면 티켓의 부정사용도 줄어들 거야."

하지만 이제야 그런 얘기를 해봤자 소용없다. 자우스의 폐쇄는

お 知 ら せ

当施設は平成14年9月30日をもちまして閉館し、
全営業を終了することとなりました。
9年間ご利用ありがとうございました。
なお、9月30日までは休まず営業いたしますので、
皆様どうぞご来場ください。

ららぽーとスキードーム "ザウス"

9월 어느 날, 자우스의 스노보드 타임. 이렇게 사람들로 북적거렸는데…….
위쪽 사진은 '자우스'의 폐쇄 공지와 감사 인사.

피할 수 없는 사실이라는 것을 그들도 알고 있다. 그래서 일단 폐쇄한 다음에 어디든 견실한 기업이 매입해주는 쪽에 사람들은 희망을 걸었다.

"롯데월드가 매입한다는 소문이 있던데?"

"그 얘기는 진즉에 깨졌어. 이제 믿을 건 디즈니랜드 쪽이야."

"엇, 디즈니랜드에서 매입할 의향이 있대?"

"나도 모르지. 디즈니랜드가 가까우니까 내친 김에 이쪽도 좀 어떻게 해줬으면, 이라고 생각해본 거야."

"뭐야, 좋다 말았네."

나도 옆에서 듣다가, 진짜 좋다 말았네, 라고 말하고 싶은 심정이었다. 폐쇄까지 정확히 한 달이 남았을 때는 이제 어쩔 수 없다는 것을 알면서도 역시 마음속 어딘가에서 기적을 기다렸다.

하지만 기적이 찾아올 기미는 전혀 없었다. 그나마 여한이나 없게 하려고 9월이 되자마자 시간이 허락하는 한, 자주 가기로 했다. 평일이든 한낮이든 자우스는 항상 만원이었다. 정상에서 내려다보면 과장이 아니라 정말 사람이 숲처럼 빽빽하게 서 있다. 이제는 연습이고 뭐고 없었다. 사람들 틈새를 헤치고 가는 것만도 빠듯했다. 덕분에 순간적으로 방향을 바꾸는 기술은 제법 능숙해졌다.

빨간 보드복의 그녀도 매일같이 나타났다. 리프트에서 내려다

보면 실력파인 그녀도 다른 사람과 부딪히는 일이 드물지 않았다. 물론 그래도 그녀 쪽이 넘어지는 일은 결코 없었다. 자유자재로 기술을 구사하는 그녀에게는 장애물이 약간 있는 편이 더 재미있겠다 싶을 정도였다.

"드디어 일주일 남았네요." 휴게실에서 커피를 마실 때 그녀가 말했다.

"그러게요. 다음 달부터는 어떻게 할 거예요?" 내가 물어보았다.

"아직 못 정했어요. 우선 실내 하프파이프에 가볼 생각인데……."

"아, 그렇구나." 나는 고개를 끄덕일 수밖에 없었다. 하프파이프에 가는 건 나에게는 꿈속의 꿈같은 일이다.

나는 그녀와 자우스 안이 아니라 밖에서 만날 궁리를 하고 있었다. 마지막 날, 그녀는 틀림없이 올 것이다. 폐장 때까지 함께 스노보드를 탄 뒤, 우선 같이 밥이라도 먹자고 말해보기로 마음먹었다.

그로부터 일주일 동안은 날마다 자우스에 갔다. 업무 일정을 조정하는 게 쉽지는 않았지만 지금 그런 것을 돌아볼 상황이 아니었다. 가장 중요한 스노보드 실력은 전혀 향상되는 느낌이 없었지만 그것도 지금은 어찌되건 상관없었다.

그리고 마침내 운명의 9월 30일이 다가왔다.

뜻밖에도 그날은 평소보다 공간에 여유가 있었다. 리프트 대기 시간도 그리 길지 않았다. 이윽고 그 이유를 알았다. 찾아온 손님 대부분이 진짜 단골이었다. 어떻게 알았느냐고? 그거야 그들이 내달리는 모습만으로도 쉽게 짐작할 수 있다. 그리고 빨간 보드복의 그녀도 당연히 와 있었다. 나를 보더니 손을 흔들어주었다.

우리는 가능한 한 리프트를 함께 탔다. 그런 일은 그녀와 말을 나누게 된 이후로 처음이었다. 무슨 약속을 한 것도 아닌데 은연중에 그렇게 되었다.

자우스 안에는 항상 음악이 흐른다. 대개는 그 시기에 유행하는 노래다. 하지만 그날은 달랐다. 히로세 고미의 〈겔렌데가 녹아버릴 만큼 사랑하고 싶어〉, 쇼넨타이의 〈만안(灣岸) 스키어〉, trf의 〈BOY MEETS GIRL〉 같은 그리운 옛 노래를 틀어주었다. 자우스가 그동안 걸어온 9년 동안 이 겔렌데에 흘렀던 히트곡의 온 퍼레이드인 것이다. 마지막 날이라고 뭔가 특별한 이벤트를 한 것은 아니지만 그 음악만으로도 충분했다.

그리고 오후 2시 40분. 스노보드 타임의 리프트 영업 종료 시각이었다. 그 안내방송이 흘러나오는 것과 동시에 주위에서 긴 한숨 같은 소리가 흘러나왔다.

"드디어 끝났군요." 나는 말했다.

"네, 끝났네요." 그녀도 겔렌데를 돌아보았다.

"이제는 진짜 눈이 내릴 때까지 기다릴 수밖에 없겠네……. 여기서 좀 더 연습하고 싶었는데."

"그래도 이제 꽤 잘 타시던데요?" 그녀가 나를 보며 말했다.

"정말요?" 공치사라는 것을 알면서도 양쪽 눈 끝이 축 처질 만큼 웃음이 번졌다. 그녀가 내 활주 모습을 지켜봤다는 게 무엇보다 기뻤다. "이 나이에 스노보드라니, 아무래도 남 보기에 그리 좋지는 않겠지만……."

"아직 전혀 괜찮으세요. 저기 저 갈색 보드복 입은 사람은 당신보다 열 살이나 더 많아요. 저 분도 올해 처음 시작했대요."

"그래요?" 나는 그녀가 가리키는 쪽을 보았다. 갈색 보드복에 노란 니트모자를 쓴 남자가 감개무량한 시선으로 겔렌데를 아련하게 올려다보고 있었다.

"저 분, 작가래요. 히가시오, 아니, 히가시노라고 했던가? 아무튼 그런 이름이에요. 히로스에 료코가 주연한 영화의 원작자라던데요."

"아, 그래요?" 대단한 아저씨라고 생각했다. 나보다 열 살이 많다면 마흔네 살이다. "그러고 보니 몇 번 본 것 같아요. 심하게 벌러덩 넘어지는 거."

"그렇죠? 스노보드 탈 때는 조용조용한데 넘어질 때는 아주 요란해요."

우리는 얼굴을 마주보며 웃었다. 그리고는 금세 쓸쓸한 표정이 되돌아왔다.

"자, 그만 나갈까요?"

"네."

우리는 겔렌데를 뒤로했다. 로커로 통하는 게이트에는 이미 스키어들이 줄을 섰다. 나는 어떤 말로 그녀를 식사에 초대할지 그것만 생각하고 있었다.

게이트를 지나 로커실로 향하려 했을 때였다. 남자 직원이 핸드스피커를 들고 안내를 하기 시작했다.

"스키 고객 여러분께 알려드립니다. 스키 타임은 오후 3시부터입니다. 잠시만 기다려주시기 바랍니다."

그리고 그는 한 박자 틈을 두고 말을 이어갔다.

"스노보드 고객 여러분, 오늘 저희 겔렌데를 찾아주셔서 참으로 감사했습니다."

그가 말을 마치는 것과 동시에 주위에 있던 직원들이 일제히 머리를 숙였다. 그리고 "감사합니다!"라고 소리를 맞춰 말했다.

나도 모르게 멈춰 섰다. 문득 가슴에 뜨거운 것이 치밀었다. 옆을 보니 그녀도 눈시울을 붉히고 있었다.

"좋은 추억이네요……." 그녀가 중얼거렸다.

그 중얼거림을 들은 순간, 나는 그녀와 밖에서 만나는 것은 단

념해야 한다고 생각했다. 나와 그녀를 맺어주던 것이 사라져버린 이상, 우리의 관계도 여기서 멈추지 않으면 안 되는 것이다.

우리는 어떤 약속도 없이 각자의 로커실로 향했다. 옷을 갈아입은 뒤에는 평소와 똑같이 자판기의 캔 커피를 마시고 담배를 한 대 피우고 건물을 나섰다. 일부러 뒤돌아보지 않고 나는 차에 탔다.

백미러에 비친 거대한 건물을 흘끗 보면서 내가 사랑한 것은 그녀가 아니었는지도 모른다고 문득 생각했다.

(편집부 주: 에세이와 뒤섞였지만, 읽어보신 분이라면 이미 아시겠지요, 이 글은 작자의 망상을 바탕으로 한 소설이었습니다. 사과드립니다.)

2002년 9월

아저씨 스노보더, 초읽기에 들어가다

　이것도 서툰 초보자가 겁 없이 스노보드에 푹 빠져버린 탓에 일어난 일이라고 해야 할까. 겔렌데에서 눈이 완전히 사라진 뒤에도 눈밭을 미끄러져 내려오던 그 감촉이 그리워 견딜 수가 없었다. 어딘가 갈 수 있는 스키장이 없을까, 라고 생각할 때마다 가장 먼저 머리에 떠오르는 것은 바로 그 자우스였다.

　내가 생각해도 참 자주 들락거렸다. 아무튼 일주일에 한 번은 갔다. 우리 집에서라면 편도 30분이면 갈 수 있는 것이다. 이건 전국의 겨울스포츠 애호가들에게 부러움을 살 만한 얘기일 것이다. 하긴 이제 과거형으로 얘기할 수밖에 없는 곳이 되었다.

　9월 말에 폐쇄한다는 것도 열심히 다니게 된 동기 중의 하나였다. 지금이 아니면 갈 수 없다, 라고 생각하면 가만히 있을 수 없었다. 자우스의 영업 시각에 맞춰서 글을 마무리하려고 그야말로 죽을 둥 살 둥 일을 했다.

　하지만 실제로 그런 습관이 만들어지자 그것도 나름대로 규칙적인 생활을 할 수 있어서 꽤 쾌적했다. 자우스에 다녀오는 길에는 단골 정식집에 들러 다키아와세*를 안주 삼아 맥주 한잔, 이

---

*고기, 채소 등을 따로따로 쪄서 한 그릇에 담은 요리.

라는 것도 기막히게 좋았다.

자우스에 다니면서 여러 가지 것을 알게 되었다. 요즘 젊은 친구들의 생태 같은 것도 바로 코앞에서 볼 수 있어서 크게 참고가 되었다. 하긴 여름에 스노보드를 타는 젊은이들만 지켜보고 일반화하는 것은 적잖이 무리한 일인지도 모른다. 다만 확실하게 말할 수 있는 것은 스포츠에 열중하는 젊은이는 예나 지금이나 본질적으로 그리 달라진 게 없다는 점이다. 좋게 말하자면 열정적이면서 호쾌하고, 나쁘게 말하면 바보고 단순하다는 얘기가 될까. 아무튼 햄버거를 와구와구 입에 몰아넣는 중에도 스노보드 테크닉 얘기만 한다. 이따금 여자를 사귀어볼 생각으로 자우스를 찾는 경우도 있지만 그런 자들은 누구도 단골이 되지 못했다.

단골 중에는 여자도 적지 않았다. 빨간 보드복을 입은, 스노보드 실력이 뛰어난 젊은 여자가 있었는데 번번이 마주쳤는데도 결국 인사조차 건네지 못했다. 아니, 그녀를 사귀어볼 마음이 있었다는 게 아니다. 작가로서 잠깐 취재를 하고 싶었던 것뿐이다. 변명으로 들릴지도 모르지만, 정말입니다.

7월쯤에는 자우스도 역시 찾는 사람이 줄어서 평일에는 리프트 대기도 거의 없었다. 하지만 8월에 들어서자마자 갑작스레 붐비기 시작했다. 여름방학이 시작된 게 영향이 컸던 것 같다. 8월

오봉* 연휴가 시작되자 더욱더 사람이 많아져서 리프트 대기 시간이 10분을 넘기는 일도 많았다. 그런 내용이 신문 기사로 실렸을 정도다.

자우스가 사람들로 붐빌수록 "이렇게 손님이 몰려드는데 왜 폐쇄해야 하는가"라는 의문은 점점 커져갔다. 그건 다른 스노보더들도 마찬가지인 모양이어서 리프트에 동승한 젊은 친구들의 대화를 들어보면 폐쇄에 관한 화제가 대부분이었다.

내가 그렇게 한여름에도 열심히 연습을 하고 있을 때, 그 2인조가 접촉을 시도해왔다. 그 2인조란 물론 S편집장과 T여사다. 9월이 되자 자기들도 자우스에 다니고 싶다고 했다. 게다가 그참에 게스트까지 데려오겠다는 것이었다.

"미야하라 호마레라는 분인데 요넥스와 계약한 스노보드 라이더예요. 아직 정식 프로는 아니지만 자격증을 따려고 한창 열심히 하고 있는 중이래요."

아, 세미프로의 스노보드 라이더. 그런 선수와 함께 탈 기회는 웬만해서는 오지 않는다. 아니, 평생 없을지도 모른다. 레슨을 받겠다는 당치않은 생각은 하지 않았지만, 그런 선수가 보드를 타는 모습을 직접 내 눈으로 지켜본다면 분명 뭔가 요령이 잡힐 터였다. 추억거리도 될 것이고 무엇보다 주점에서 여인들에

*일본의 전통 명절. 한국의 추석과 비슷하다.

게 자랑할 수도 있다.

폐쇄를 며칠 앞둔 9월 말, 우리는 자우스 앞에 집합했다. T여사는 이참에 실컷 타보려고 벼르는 기색이었다. S편집장도 의욕이 넘쳤다. 그는 자기 돈 들여 보드복을 새로 구입한 참이었던 것이다. 하지만 그날은 짐만 될 거라면서 도구를 가져오지 않았다. 그런 어중간한 면이 나는 도무지 이해가 안 된다고 할까.

셋이서 미야하라 씨를 기다리는데 뜻밖의 인물이 자우스에서 나왔다. 메피스트 상을 수상한 신본격파(新本格派) 미스터리 작가 구로다 겐지*였다. 스키를 메고 뺨이 불그레해진 모습으로 다가왔다. 얘기를 들어보니, 에도가와 란포상 파티에 참석하려고 도쿄에 올라온 김에 잠깐 스키를 타러 왔다고 한다. 그가 스키 애호가인 줄은 여태 알지 못했다. 하지만 생각해보니 신본격파 작가 중에는 스키를 좋아하는 이가 많다. 가사이 기요시 씨가 특히 유명하고, 니카이도 레이토 씨도 마찬가지다. 나한테도 언젠가 함께 가자고 불러준 적이 있는데 어느 문학상 심사위원회와 겹치는 바람에 사양했던 기억이 있다.

내년에는 스노보드로 함께하고 싶다고 말했더니 구로다 씨는 "좋죠, 기다리겠습니다"라고 흔쾌히 응해주었다. 덕분에 겨울철의 즐거움이 한 가지 더 붙어났다.

---

*1969~. '구로켄의 미스터리 박물관'이라는 사이트를 개설하면서 미스터리 작가로 알려진 인물이다. 한국에 소개된 작품으로는 《컨닝 소녀》가 있다.

미야하라 씨가 조금 늦는다는 연락이 와서 나와 S편집장은 먼저 들어가 타고 있기로 했다. S편집장은 두 달 만이라 잘 탈 수 있을지 모르겠다고 걱정했지만, 가만 생각해보면 겨울스포츠는 원래 일 년여 만에 다시 시작하게 마련이다. 우리의 감각은 이미 상당히 떨어졌다고 보는 게 좋을 것이다.

그럭저럭 하다 보니 미야하라 씨가 나타났다. 생각했던 것보다 몸집이 작은 편이었지만 하프파이프나 원메이크(간단히 말하면, 점프)를 하기에는 잽싼 동작이 가능한 작은 몸집이 유리할지도 모른다. 하지만 나중에야 알게 되었는데 그는 하반신뿐만 아니라 상반신도 대단한 근육질이었다. "온몸의 순발력이 필요하기 때문에 상체 근육도 필요하다"라는 것이 그의 지론이라고 한다.

그렇게 그와 함께하는 스노보드가 시작되었다. 당연히 상급 코스로 직행이다. 우선 그가 타고 내려간다. 어떻게 타려나 했더니 무려 직활강이었다. 엄청난 속도로 내려가는가 싶더니 딱 멈춰 서서 이쪽으로 손을 흔들었다. 긴장한 가운데 출발. 그리 잘했다고는 할 수 없지만 우선 턴 비슷한 것을 해가며 그가 있는 곳까지 갔다. "정말 올해 시작하신 거예요? 꽤 오래 한 사람처럼 타시는데요?"라고 칭찬을 해줘서 반쯤 공치사라고 쳐도 기분이 좋았다. 하지만 '잘 탄다'고 해준 것은 아니었다.

리프트를 기다리는 동안 이런저런 것을 물어보았다. 미야하라 씨

순한 청년으로 보이지만, 나중에 대단한 친구라는 게 밝혀졌다.

히가시노 게이고의 **무한도전**

같은 세미프로는 시즌 오프 때는 아르바이트로 날을 지새운다. 겨울에는 스노보드에만 집중할 수 있게 미리 저축을 해둔다는 얘기였다. 대단한 의지다. 그 말을 듣는 것만으로도 응원해주고 싶어졌다.

스노보드를 탄다고 해도 전국 각지의 하프파이프를 타러 가는 것 정도고, 긴 거리를 프리로 달려볼 기회는 웬만해서는 없다고 한다. 그래서 이번 자우스에의 초대를 내내 기다렸다고 말해주었다.

자우스에서는 의도적인 점프는 금지되어 있다. 그런 규칙이 미야하라 씨 같은 라이더에게는 적잖이 아쉬운 부분인 모양이었다. 그가 이따금 겔렌데 가장자리에서 뭔가 점검하는 듯한 동작을 보여서 무엇을 하는 거냐고 물어봤더니 "좀 더 놀아볼 수 있는 곳을 찾아봤어요"라는 대답이 돌아왔다.

"놀아볼 수 있는 곳?"

"네, 레일 대신 탈 수 있는 곳."

레일이란 스케이트보드에도 있는 기술인데, 보드 판을 옆 방향으로 해서 긴 손잡이 모양의 철봉 위를 타고 가는 테크닉이다. 우리는 눈밭을 타고 내려오는 것도 겨우겨우 하는 판인데 대체 무슨 소리냐고 말하고 싶었지만, 일단 능숙해지면 그냥 타고 내려오기만 하는 것은 별 재미가 없는 모양이다.

폐장 시각까지 실컷 타고난 뒤 넷이서 식사를 하러 가기로 했다. 행선지는 미안하지만 내가 단골로 다니는 정식집으로 정했다. 맥주를 마시며 미야하라 씨와 인터뷰를 계속했다.

그는 이벤트 스노보드 팀을 만들고 싶다고 말했다. "요즘에 회사의 신제품 발표 이벤트는 그 회사와 계약한 라이더가 광고 영상을 찍는 것뿐이에요. 근데 그런 것보다는 라이더 몇 명이 모여서 각자 계약한 회사의 제품을 소개하면 고객 입장에서는 훨씬 더 받아들이기 쉬울 것 같더라고요. 그런 이벤트를 라이더가 주도하는 형태로 만들어가고 싶어요."

아직 갓 스물을 넘긴 나이인데 실로 견실한 인물이었다. 그의 비전은 한참 더 이어져서 언젠가 자신이 은퇴했을 때의 일까지 내다보고 있었다.

그는 이미 동료들에게 제의해 팀을 만들었다. 팀명은 〈구로히츠지(黑羊)〉라고 한다. 번듯한 명함까지 준비해서 우리에게 건네주었다.

하지만 그런 식으로 스노보드만 타다 보면 생활에 지장은 없는지, 여자친구가 있는 모양인데 혹시 사이가 나빠지는 일은 없는지, 반쯤 농담 삼아 물어보니 "네, 위태위태합니다"라는, 그냥 흘려들을 수 없는 대답이 돌아왔다.

"겨울 스키장에 한번 들어가면 좀체 만날 수가 없거든요. 여자

내가 왜 이런 아재하고 스노보드를 타야 하는가, 라는 물음표가 내내 미야하라 씨의
머리 위로 뿡뿡 튀어나왔습니다.

친구도 장래 일이라든지, 이래저래 고민이 많은 모양이라서……."

어려운 문제였다. 사랑이냐 일이냐. 그 선택에서 지금까지 한 번도 제대로 된 답을 내본 적이 없는 아저씨 스노보더는 그저 끄으응 신음소리를 내는 수밖에 없었다.

그렇게 9월이 끝나고 그와 동시에 자우스와도 영원히 작별하게 되었다. 그건 이제 끙끙거리며 매달려봤자 쓸데없는 일이었다. 없어진 건 없어진 것이다. 이렇게 되니 한시라도 빨리 겔렌데에 눈이 내리기를 기도하는 수밖에 없었다. 아직은 성급한 일이라고 생각하면서도 인터넷으로 전국 각지의 겔렌데를 검색해보았다. 그랬더니 그것도 그리 멀지 않은 미래라는 것을 차츰 파악하게 되었다.

오픈이 가장 빠른 곳은 후지산 2부 능선에 자리한 Yeti라는 곳이다. 무려 10월 19일부터 개장이다. 인공설인 모양이지만 스노보드를 탈 수만 있다면 이 판국에 뭐가 됐든 좋다.

그리고 사야마 인공설 스키장도 있었다. 이쪽은 자우스가 사라진 지금, 아주 귀한 실내 겔렌데다. 그밖에도 가루이자와 프린스호텔 스키장 등등, 11월에 접어들면 곧바로 오픈하는 곳이 적지 않았다.

그래서 우선 사야마 스키장부터 가보기로 했다. 자우스에 비하면 거리가 한참 멀다. 게다가 도로 정체도 심하다. 그래도 꾹꾹 참으며 찾아가보니 규모는 자우스의 3분의 1이고, 게다가 인공설이라기보다 셔벗을 잔뜩 깔아놓은 듯한 인공 젤렌데였다. 실내라고 해도 외부와 완전히 차단된 것이 아니라서 그 셔벗 같은 눈도 슬슬 녹아내렸다. 그날은 가랑비가 내려서 그 영향 때문인지 젤렌데 안에 안개가 자욱하게 피어올랐다.

어휴, 이런 데서 타야 하다니, 라고 생각하면서 타보기 시작했다. 그랬는데 이상한 게, 그래도 역시 재미있는 것이었다. 경사면은 완전히 초보자용이고 스릴이라고는 한 조각도 느껴지지 않는데 아무튼 탈 수 있다는 게 기뻤다. 혼자 투덜투덜하면서도 그곳에 네 시간이나 있었다.

휴식시간에는 대단한 할아버지와 이야기도 나눴다. 무려 78세의 노인으로, 스키를 처음 시작한 게 50세 때였다고 한다. 이곳에 자주 오시느냐고 물었더니, 아니, 아니, 라고 웃으며 고개를 저었다.

"자우스가 없어지는 바람에 어쩔 수 없이 왔지. 근데 자우스가 생기기 전에는 가끔 여기에 와서 탔었어. 그 무렵에는 설질(雪質)이 지금보다 훨씬 더 형편없었어. 좁쌀 같은 얼음을 뿌려둔 것뿐이었으니까."

자우스가 없어져서 너무 아쉽다고 말했더니 갑작스레 할아버지의 얼굴 표정이 변했다.

"그건 아무리 생각해도 뭔가 이상해. 틀림없이 흑자를 내고 있었을 거라고. 어떤 속사정이 있는지는 모르겠지만, 그만한 시설을 만들어놓고 돈이 좀 안 된다고 철컥 문을 닫아버리는 건 무책임한 짓이지. 사회적 책임이라는 게 있는 거 아니냐고."

머리에서 김이 폴폴 날 듯한 기세였다. 너무도 분개하는 바람에 내가 오히려 당황스러웠다. 이런 식으로 분노하는 사람도 적지 않겠구나, 라고 새삼 인식했다.

아무튼 사야마 스키장에 실망한 나는 그다음 주에는 후지산으로 향했다. 소문으로만 듣던 Yeti에서 타보기로 한 것이다. 홈페이지를 살펴본 바로는, 인공설이기는 해도 제법 긴 코스를 만들어둔 것 같았다. 수도권에서 90분, 이라는 광고 문구도 마음에 들었다.

도메이 고속도로를 달리다가 스소노 인터체인지로 나왔다. 거기서 후지산을 향해 달리는 것인데 이 도로는 드라이브 코스로도 최상이다. 날씨도 좋고 공기도 신선하다. 이토록 기분 좋은 드라이브를 왜 나 혼자 하고 있는가, 라는 생각이 잠깐 머리를 스쳤지만 그런 건 생각하지 말기로 하고 곧장 Yeti로 향했다.

Yeti에 도착하자 차 안에서 잽싸게 보드복으로 갈아입었다. 입장권을 사들고 게이트를 통해 스키장 안으로 들어갔다. 나올 때는 그 입장권을 반드시 반납해야 하는 시스템이다. 각지의 스키장에서 리프트 권 전매(轉賣) 행위가 빈발하고 있고 그것이 스키장 경영을 압박하고 있다는 얘기가 자주 들린다. 여기서도 전매 행위를 방지하기 위해 이런 시스템을 만든 것이다. 그러고 보니 스키장을 안고 있는 도시마다 리프트 권 전매를 금지하는 조례를 만드는 곳이 늘고 있다고 한다. 하지만 사실은 전매하는 자들도 할 말이 없는 건 아닌 모양이다. 이 문제에 관해서는 머지않아 다시 정식으로 다룰 생각이다. 이 글을 앞으로도 계속 읽어주신다면 그렇다는 얘기지만.

자아, Yeti 얘기로 돌아가자. 겔렌데는 아닌 게 아니라 거리가 상당히 길다. 1천 미터라는 게 거짓말이 아닌 것 같았다. 폭이 약간 좁은 것은 대충 눈감아주자. 하지만 아무리 그래도 경사면이 너무 완만한 거 아닌가. 경사면이 시작된 것도 모르고 나는 스노보드를 껴안은 채 한참을 터벅터벅 걸어가버렸다.

그나마 설질은 나쁘지 않다. 실외를 마음껏 내달리는 느낌은 자우스에서는 맛보지 못했던 것이다. 그 상쾌한 느낌을 누려보려고 속속 찾아왔는지, 그날은 평일인데도 이상하게 사람이 많았다. 리프트 대기 시간은 10분이 넘게 걸렸다. 사람들의 얼굴에 드디어 시즌이 시작되었다는 기쁨이 가득한 것처럼 보였다.

느릿느릿한 경사면을 타고 가면서 뭐, 괜찮네, 라고 나는 생각했다. 이것을 느린 경사면이라고 느낄 만큼 실력이 향상된 것을 기뻐하자. 그리고 한시라도 빨리 본격적인 시즌이 다가오기를 기다리자.

그날은 일찌감치 끝내고 도쿄로 돌아왔다. 돌아오는 차 안에서는 각지에서 첫눈이 관측되었다는 뉴스를 듣고 나도 모르게 들썩들썩 춤을 추었다.

2002년 10월

아저씨 스노보더, 활동에 들어가다

자아, 드디어 올 겨울 시즌에 본격적으로 뛰어들었다. 그나저나 이 글은 과연 몇 명이나 읽고 있을까. 주위에서 스노보드에 관심 있는 사람이라고는 모 출판사의 히가시노 담당자 T여사와 S편집장 정도밖에 없다. 하프파이프를 소화해내는 긴자의 여인 t짱은 진즉에 가게를 관둬버렸으니. 하지만 집필 의뢰가 있는 한, 계속 써보기로 했다. 이 글을 써내는 한, 리프트 비용을 업무 경비에 산입시켜도 세무서에서 아무 말도 못할 테니까. 흐흐흐.

그만 본론으로 들어가자. 이번 시즌은 고맙게도 각지에서 일찌감치 눈이 내렸다. 따뜻한 겨울이 될 것이라고 예보했던 기상청이 수정 발표를 해서 눈이 내리기를 학수고대하던 자로서는 그저 반가울 따름이다. 물론 폭설로 고생하는 지역의 주민들이 걱정되지 않는 것은 아니지만······.

요즘은 인터넷을 검색해서 각 겔렌데의 적설 상황을 라이브 카메라로 관찰할 수 있다. 도호쿠 지역에서는 앗피고원 스키장, 게토 스키장, 조에쓰 지역에서는 이왓파라 스키장과 마루누마고원 스키장 등이 유명하다. 도저히 눈이 쌓일 것 같지 않은 11월 중순부터 거의 매일, 그런 스키장들의 카메라를 체크했다. 눈이라도 내리면 그다음 날은 겔렌데가 새하얗게 변해있었다.

"엇, 이건 당장 오늘부터라도 탈 수 있는 거 아닌가?"

그렇게 기대감에 가슴이 벅차오른다. 하지만 새하얗다고 해도 실제로는 눈이 겔렌데 위를 살짝 덮고 있는 것뿐이라서 하루만 지나면 벌써 바닥이 보인다. 그것을 다시 인터넷 화면으로 확인하고 시무룩해지는 그런 하루하루였다.

그래도 11월 중순이 되자 인공조설기의 도움을 빌려 겔렌데를 통상보다 일찍 오픈하는 곳이 띄엄띄엄 나오기 시작했다. 마루누마고원과 가자와 스키장이 그 대표적인 예로, 라이브 카메라에 스키어와 스노보더가 신나게 달리는 장면이 보이면 피가 끓고 힘이 용솟음치는 기분이었다.

그리고 각지의 라이브 카메라를 날마다 들여다봤더니 장소에 따라 적설량에 상당한 차이가 난다는 것을 알게 되었다. 같은 조에쓰 지역인데도 한발 앞서 내려준 눈에 반색하는 곳이 있는가 하면 전혀 눈이 쌓이지 않아 어쩔 줄 모르는 곳도 있는 상황이다. 눈의 신께서는 참으로 변덕스럽다.

"눈이 도통 내리지 않아요. 과연 예정대로 오픈할 수 있을까요?"

그렇게 반쯤 울먹이는 코멘트가 라이브 영상 옆에 달려있는 스키장도 있었다.

단바라 스키파크도 다행히 일찍 오픈할 수 있었던 겔렌데다. 더구나 누마타 인터체인지에서 약 30분 거리라서 도쿄에서의 접근성도 뛰어나다. 좋아, 이번 시즌의 본격 시동은 이곳으로 하자. 그리하여 11월 하순 어느 날, 용감하게 길을 떠났다. 도로에 눈이 약간 남아서 미끄러울지 모른다는 정보가 들어왔지만, 걱정 없었다. 11월 자동차 점검 때 스터드리스 타이어로 잽싸게 교환했다. 게다가 출발 전에 꼼꼼하게 체인을 거는 방법도 연습했다.

　오랜만에 보는 자연의 겔렌데는 박력이 있었다. 주차장에서 옷을 갈아입을 때부터 벌써 흥분이 고조되었다.

　평일인데도 주차장에는 차들이 줄줄이 들어와 있었다. 차 안에서 보드복을 입고 있는데 난생 처음 보는 남자가 방실방실 웃으며 다가왔다.

　"저기요, 지금 스노보드 타러 가세요?"

　"네, 그런데요."

　"그럼 이거 좀 사주실래요? 5백 엔이면 돼요."

　그가 내보인 것은 하루짜리 리프트 권이었다. 아하, 하고 딱 감이 왔다. 그는 일일권을 구입했지만 이제 그만 돌아가야 해서 그 티켓을 전매해 다만 얼마만이라도 건져보려는 것이다. 창구에서 구입하면 4천 엔 넘게 든다. 하긴 그날은 정식오픈 전이라서 첫 스키라는 명목으로 상당히 할인해주고 있었지만.

"아뇨, 오늘은 괜찮습니다."

내 대답에 그는 아쉽다는 듯 자리를 떴다. 그 뒷모습을 보며 생각했다. 리프트 권의 전매는 과연 어떤 것인가, 역시 부정행위라고 해야 할까…….

리프트 권의 전매가 각 스키장마다 문제가 되고 있다. 니가타 현 유자와에서는 연간 손실 이익이 3억 엔을 넘는다고 시의 조례로 전매를 전면 금지했다는 소식이다.

아닌 게 아니라 여기저기서 리프트 권을 전매해버리면 스키장으로서는 여간 난처한 게 아닐 것이다. 원래 창구에서 제대로 요금을 내고 구입할 생각이던 손님이 스키장 측에는 한 푼도 내지 않고 리프트를 이용하는 셈이다. 어느 호텔 계열사 스키장에서는 전매 방지 대책으로 리프트 권에 얼굴 사진을 넣는 시스템을 도입했다(대부분 얼굴이 이상하게 찍힌다). 또한 Yeti를 비롯한 몇몇 스키장에서 출입구를 설치해 귀가하는 손님에게서 입장권을 회수하는 것도 같은 목적 때문이다.

아무리 불경기라지만 스키어나 스노보더 중에 그런 쩨쩨한 짓을 하는 자들이 있다니, 라고 생각했다. 스키장이 경영난을 겪다가 문을 닫으면 가장 난감한 것은 바로 그들이 아닌가, 하고 분개하기까지 했다.

하지만 찬찬히 따져보니 점점 이런 생각이 들었다. 리프트 권의 전매 때문에 스키장은 정말로 손해를 보는 건가. 일단 리프트 권을 팔아버린 사람은 당연히 그 뒤에는 리프트를 이용할 수 없다. 그리고 전매로 구입한 사람은, 이 또한 당연한 얘기지만 그 전까지는 리프트를 이용하지 않았다. 다시 말해 스키장 측으로서는, 공짜로 타는 손님이 있는 그만큼 돈을 내고도 리프트를 타지 않은 손님이 있다는 얘기니까 별로 손해 볼 것도 없는 거 아닌가.

손실 이익 3억 엔이라는 얘기에도 물음표가 떠오른다. 전체 입장객 수를 통해 산출하면 그렇게 나온다는 것이겠지만, 전매가 백 퍼센트 방지되었을 경우, 과연 지금처럼 사람들이 찾아오겠느냐는 의문이 생기는 것이다. 비싼 일일권을 구입하더라도 여차하면 전매가 가능하기 때문에 간다, 혹은 누군가에게서 일일권을 싸게 살 수 있기 때문에 간다, 라는 사람도 적지 않은 게 아닐까.

물론 스키장 측으로서도 할 말이 많을 것이다. 무엇보다 중요한 것은 리프트 권의 요금 설정이다. 이건 입장객 수를 바탕으로 도출된 금액이고, 전매 행위를 미리 계산에 넣은 건 아닐 것이다. 즉 전매를 인정해주면 더 높은 요금을 설정하지 않으면 안 되어서 결과적으로 이용자의 부담이 커진다는 얘기다.

하지만 리프트 권의 요금을 올리는 것은 입장객을 감소시키는 일이 될 수 있다. 스키어나 스노보더뿐만 아니라 스키장 측으로서도 그리 좋은 방책이라고는 생각되지 않는다.

그런 저간사정에 따라 요즘에는 반일권(半日券)을 판매하는 스키장도 많아졌다. 과연 이 방법이라면 일찍 돌아가는 사람이나 나중에 온 사람에게는 고마운 일이다. 하지만 아직도 문제가 남아 있다. 일일권과의 요금 차이가 너무 적으면 별 의미가 없다는 것이다. 그리고 대부분의 스키장에서는 일일권과 반일권(혹은 시간제한권)의 차이가 그리 크지 않다. 기껏해야 1천 엔 남짓이다. 이래서는 일단 일일권을 구입하고 일찍 돌아가야 할 경우에는 누군가에게 팔자, 라고 생각하는 사람이 생기게 마련이다.

왜 반일권(혹은 시간제한권)의 가격을 좀 더 낮추지 못하는가. 그 이유는 명백하다. 입장객이 많건 적건 리프트의 가동, 유지, 관리에 드는 비용은 거의 일정하기 때문이다. 이를테면 리프트의 이용 횟수에 따라 요금을 엄밀하게 징수하는 시스템이 만들어질 경우, 그 요금은 깜짝 놀랄 만큼 비싼 것이 될 수밖에 없다.

어쩌면 애초에 일일권이라는 것을 만들어버린 게 스키장 측의 실수였는지도 모른다. 처음에는 회수권 방식을 번거롭게 생각하는 손님들을 위해서 만들었겠지만, 그때부터 일일권이 아니라 반일권이나 시간제한권을 만들었어야 했다. 그랬다면 반일권

요금이 현재 수준이었다고 해도 이용자 측에서는 그다지 불만이 없었을 것이다.

리프트 권 문제에 대해 얘기하다 보니 벌써 상당한 분량이 되어버렸다. 이렇게까지 역설할 생각은 아니었는데 돈이 얽힌 문제가 나오면 유독 진지하게 따지고 드는 것은 오사카 상인의 천성(天性)이라고나 할까. 부디 널리 양해해주시기 바란다.

아무튼 단바라 스키파크에서 이번 시즌 첫 스노보드를 타게 되었는데 리프트 한 번 정도의 거리를 갑작스럽게 논스톱으로 타고 내려왔더니 허벅지 근육에 통증이 느껴졌다. 그래도 무시하고 또 한 번 더 탔더니 이번에는 숨까지 헉헉거렸다. 대체 어떻게 된 거야, 평소에 피트니스센터에서 나름대로 몸을 단련해왔는데 아무 보람이 없네, 라고 낙담했지만 가만 생각해보니 이 스키장은 코스 위에서부터 아래까지 천 몇백 미터나 된다. 자우스가 기껏해야 4백 미터였으니까 그 서너 배다. 지금까지 줄곧 자우스에서만 탔기 때문에 힘을 적절히 가감하고 페이스를 배분하는 방법을 알지 못하는 것이다. 역시 자연 겔렌데는 좋구나, 라고 새삼 실감했다.

자연 겔렌데는 코스가 긴 것뿐만 아니라 기복도 있다. 작은 요철에 걸리는 것만으로도 리듬이 깨지고 폼이 흐트러져서 도무지 마음먹은 대로 나가지 않는다. 결국 수없이 넘어진다. 그동안 자우스 같은 온실에서만 연습했던 빚을 갚을 때가 온 것이라고, 충격에 휩싸인 채 그날은 겔렌데를 뒤로했다.

그럭저럭하는 사이에 T여사에게서 연락이 왔다. 가자와 하이랜드에 가지 않겠느냐는 제안이었다. 물론 나야 이의가 없었다. 당장 좋다고 말했다.

11월 말, S편집장을 포함한 세 명이 가자와에 도전했다. 참고로 이쪽 스키장의 리프트 권은 티켓이라기보다 작은 팻말이다. 그것을 몸에 차지 않으면 자동개찰 방식의 리프트 게이트를 통과할 수 없다. 돌아올 때는 그 팻말을 반납하면서 미리 맡겨둔 1천 엔을 돌려받는다. 이 또한 전매 방지책의 하나라고 한다. 이래저래 생각해볼 점이 많은 일이다.

아직 눈이 그리 많지 않아서 입장 가능한 겔렌데는 한 곳뿐이었다. 그래도 경사도가 충분해서 첫 연습을 하기에는 안성맞춤의 코스였다. 처음에는 얼어붙어 드르륵거렸던 설면(雪面)도 중간쯤부터 내리기 시작한 눈으로 시간이 갈수록 폭신한 느낌이 더해져갔다.

반색을 하면서 어린애처럼 폴짝폴짝 뛰었지만 실제로 폭신한 눈은 겉 표면뿐이고 그 아래는 여전히 얼음판처럼 딱딱했다. 위세 좋게 턴 연습을 하던 S편집장은 넘어지는 참에 제대로 양쪽 무릎을 찧어 얼굴을 잔뜩 찡그리고 있었다.

평일이라 입장객은 많지 않았지만 스키 레슨을 받는 그룹이 눈에 띄었다. 보겐 등을 배우고 있길래 초보자 코스인 줄 알았는데 아무래도 분위기가 심상치 않았다. 배우는 사람들이 너무 잘 타는 것이다. 잠시 관찰해본 끝에 강사를 키우기 위한 레슨이라는 것을 알았다. 그런 사람들은 스키를 잘 타니까 분명 스노보드도 그럭저럭 할 줄 알 것이다. 그 그룹 앞을 통과할 때는 내심 긴장했다. 하지만 하필 그런 때일수록 실수해서 나동그라진다. 진짜 재수가 없다. 아니면 단순히 압박감에 약한 것뿐인가.

우리는 리프트 영업 종료 직전까지 탔다. T여사는 물론이고 나와 S편집장도 어려움 없이 탈 수 있었다. 일 년 전에 어느 누가 이런 광경을 예상이나 할 수 있었을까. 그걸 생각하니 감개무량했다.

숙소에 도착하자마자 온천물에 뛰어들었다. 그 뒤의 맥주가 최고로 맛있다는 건 두말할 것도 없다. 술이 적당히 돌아 혀가 매끄러워지면 대화도 흥이 오른다. 화제는 물론 앞으로 어떻게 하면 스노보드 실력을 향상시킬 수 있느냐는 것이다.

S편집장은 이번 여행을 대비해 자기네 출판사에서 낸《스노보드 초고속 마스터》라는 책을 열심히 읽고 왔다고 한다. 실은 그 책은 내게도 우편으로 보내주었다. 아닌 게 아니라 도움이 되는 책이었다. 하지만 그건 2001년에 이 출판사에서 낸《스노보드를

잘 타는 가장 빠른 마스터 방법-5일》과 거의 같은 내용이고 안의 일러스트도 재사용한 것이다. 이거, 이거, 쩨쩨한 거 아닙니까, 지츠교노니혼샤(実業之日本社)*!

뭐, 어찌됐든 그 책 덕분에 우리의 대화에 전문용어가 툭툭 튀어나오게 된 것은 사실이다.

"일어서기 감중(減重)과 웅크리기 감중이라는 게 있잖아요. 일어서면서 보드에 걸리는 힘을 빼라는 건 이해가 되는데 몸을 웅크리면 하중이 줄어든다는 건 영 이해가 안 되더라고요." (S편집장)

"몸을 웅크린다기보다 보드 판을 슬쩍 들어 올린다고 해석하는 게 빠르지. 그러면 설면을 누르는 힘이 줄어들잖아." (히가시노)

"아, 그렇구나. 그렇게 생각하면 분명 머릿속에 이미지가 잘 그려지네요. 그럼 턴을 할 때의 하중에서는 발을 쭉 뻗는 것이군요."

"그렇지, 일어서는 동작 때와는 반대가 되는 거야."

대화만 들어보면 상당한 실력자들 같다. 하지만 말할 것도 없이 초보자 급에서 약간 올라선 두 사람의 대화다. 실력보다 폼부터 잰다는 말이 있지만, 우리는 우선 말로 떠들기부터 한 꼴이다.

S편집장과 T여사의 출판사 일정 때문에 그다음 날은 일찌감치 도쿄로 돌아와야 했다. 진한 아쉬움을 안은 채 우리는 숙소를

---

*일본의 출판사. 《스노보더》 잡지를 발행하였으며, 이 책의 원서를 출간한 곳이기도 하다.

나섰다. 그리고 깜짝 놀랐다.

내 차에 눈이 소복하게 쌓여 있었다. 짐을 싣기 전에 우선 눈부터 치우지 않으면 안 될 상황이다.

"역시 이렇게 됐군요. 밤새 눈이 내리는 것 같더니만." S편집장이 태평한 목소리로 말했다.

숙소 직원에게서 도구를 빌려 우리는 즉시 눈치우기에 들어갔다. 셋 다 어쩐지 말수가 줄어들었다.

내 얼굴에는 분명 '제기랄, 오늘은 겔렌데 컨디션이 엄청 좋겠구나'라고 적혀 있었을 게 틀림없다.

2002년 11월

이만큼이나 눈이 쌓였는데 서둘러 도쿄로 돌아와야 했다.
참고로, 이 차는 벌써 10년 넘게 타고 있다.

신본격파 작가들의 스키 투어

이 글이 게재된 덕분에 내가 스노보드에 푹 빠졌다는 얘기가 벌써 업계 내에 상당히 알려진 모양이다. 나이도 있는데 대체 뭐 하는 거냐는 험담이 꽤 많은 듯하다. 그러나 환영해주는 사람도 소수파지만 존재한다. 작가 니카이도 레이토* 씨도 그중 한 사람이다. 그와는 일본 추리작가 협회 이사회에서 자주 얼굴을 마주하는 사이라서 "다음에 우리 스키투어에 꼭 참석해주십쇼"라고 나를 불러준 것이다.

스노보드로 참석해도 괜찮으냐고 물었더니 물론 괜찮다는 고마운 대답이 돌아왔다.

그리하여 1월 중순, 집합장소인 샤토 레제 스키리조트 야쓰가타케로 향했다. 이곳은 예전에는 '야쓰가다케 자일러밸리'라고 했지만 경영자가 바뀌면서 명칭도 변경되었다. '샤토 레제'는 새 경영자가 된 제과회사의 이름이라고 한다.

현지에서 적당히 만나면 된다는 게 누쿠이 도쿠로**의 사전 연

---

*1959~. 1990년 아유카와 테쓰야 상에 입선하면서 등단하였다. 대표작으로는 '니카이도 란코 시리즈' 가 있다.

**1968~. 1993년 《통곡》으로 데뷔. 한국에 소개된 작품으로는 《우행록》, 《나를 닮은 사람》 등이 있다.

락이었지만, 과연 잘 만날 수 있을지 조금 불안했다. 하지만 막상 가보니 생각보다 넓지 않고 레스토랑도 하나밖에 없었다. 더구나 사람도 적었다. 아하, 이 정도면 괜찮겠구나 하고 한바탕 스노보드를 탄 뒤에 잠시 쉬고 있었더니 아니나 다를까, 니카이도 레이토 씨와 누쿠이가 나타났다. 그들은 방금 온 참이라고 했다.

"구로켄이 어딘가에서 타고 있을 테니까 이쪽으로 오라고 연락해야겠네요." 그렇게 말하며 니카이도 씨가 휴대전화를 꺼내 들었다.

구로켄이란 신인작가 구로다 겐지의 별명이다. 예전에 이 글에서도 자우스에 불쑥 나타났던 스키 애호가로 소개한 적이 있다.

잠시 뒤 그 구로다 겐지가 나타났다. 겨우 얼마 전에 시즌이 시작되었는데 벌써 고글 자국이 뚜렷할 만큼 얼굴이 까맸다. 역시나 미에현에서 먼 길 마다 않고 자우스까지 찾아올 만한 인물이라고 생각했다.

이 구로다 겐지는 예전에 PC통신 니프티 서브*에 〈히가시노 게이고 팬클럽〉을 개설해서 잠시 회장을 맡은 적이 있다. 당시에는 별다른 교류가 없었지만 그가 《소설 추리》의 신인상 후보에 오른 것을 알고 내가 그에게 격려 메일을 보냈던 인연이 있다. 실은 내 단편소설에도 실명으로 등장한 적이 있었다(관심 있

---

*일본 후지츠사(社)의 PC통신의 이름. 한국의 나우누리, 하이텔과 비슷하다.

는 분은 찾아보시기 바란다). 그래서 그를 만나 느긋하게 대화하는 것에도 스노보드를 타는 것만큼이나 큰 기대를 품고 있었다.

인사를 주고받은 뒤, 우선 겔렌데로 나가자고 얘기가 되었다. 나로서는 동업자들과 함께 타는 것은 처음 해보는 체험이다. 약간 긴장한 상태로 리프트에 올랐다.

스키 실력은 세 사람 모두 상당한 수준이었다. 재미있는 건 한마디로 스키라고 해도 세 사람의 스타일이 전혀 다르다는 점이었다. 일급 실력자인데다 작년 여름에 뉴질랜드에도 다녀왔다는 구로켄은 카빙 스키의 테크닉을 완벽하게 습득하고 있었다. 그런 점에서 누쿠이는 그리운 옛날식 스키 테크닉의 소유자다. 스키 판도 2미터나 되는 것을 쓰고 있다. 니카이도 씨는 스키보드를 탄다. 아주 짧은 판으로, 팬 스키 혹은 숏 스키라고도 한다. 정확성과 스피드의 구로켄, 화려한 느낌의 누쿠이, 자유로운 활주의 니카이도 씨, 라고 하면 대략 적절한 표현이 될 것이다.

다만 세 사람 모두 스키라는 것은 다름이 없어서, 한 장짜리 스노보드 판으로 그들과 함께 어울리기는 상당히 힘들었다. 아무튼 나는 평지에서 멈추면 그걸로 끝, 다음에는 출발하기가 곤란해진다. 그런데 스키 맨 세 사람은 유난히 평지에서 집합하려고 하는 경향이 있었다. 어쩔 수 없이 그들 앞을 지나쳐 조금 앞의 경사면 중턱에서 대기할 수밖에 없었다.

누쿠이(우)는 나에게 세금 대책에 대해 물었다. 구로켄(중앙)은 마감 날짜를 미루는
방법을 물었다. (사진 제공/ 니카이도 레이토 씨)

"스키와 스노보드는 역시 이런저런 차이가 있는데요?" 누쿠이가 감탄한 듯이 말했다.

"바인딩 장착에도 꽤 시간이 걸리고, 세 분에게 폐나 안 끼치면 좋겠는데요."

내가 사과하자 그는 손을 내저으며 말했다.

"우리가 중간에 멈춰 서도 히가시노 씨는 씽씽 지나가잖아요. 그래서 얼른 가야겠다고 금세 또 출발하니까 결과적으로 거의 쉬지 않고 타게 됐어요. 여태껏 이렇게 연속으로 달려본 적은 없었어요."

말을 듣고 보니 아하, 그렇구나 싶었다.

한바탕 탄 뒤에 다시 레스토랑에서 티타임을 가졌다. 샤토 레제라는 이름답게 디저트 쪽이 충실했다. '케이크 무한제공 커피 무료, 일인당 1천 엔'이라는 간판을 보고 구로켄은 진지하게 고민하고 있었다. 그는 술도 마시지만 단것도 아주 좋아하는 모양이다. 아직 젊어서 문제가 없지만 중년 이후에는 틀림없이 콜레스테롤 때문에 고민할 타입이다. 이미 체형적으로는 그런 조짐을 보이고 있다. 결국 그는 '케이크와 커피 세트 5백 엔'으로 결정했다. 그의 말에 따르면 1천 엔 코스는 케이크를 3개 이상 먹지 않으면 별 이익이 없다고 한다. 그러자 어디에선가 니카이도 씨가 나타나 맛있는 케이크 두 개를 테이블에 내려놓았다.

"여기 아래층에서도 팔고 있어. 그쪽이 가격도 더 저렴하고 종류도 많아."

흠, 역시 다양한 트릭을 구사하는 니카이도 씨답게 케이크를 사는 데도 깊이 숙고하는 모습이다. 구로켄은 매우 부러운 표정으로 니카이도 씨의 케이크를 물끄러미 보고 있었다.

그날 밤은 온천물에 몸을 담근 뒤에 식사를 마치고 방에서 작은 파티를 했다. 신본격파 작가들은 술과는 거리가 멀다는 선입견이 있었지만 의외로 이 멤버 중에 술을 못 마시는 사람은 니카이도 씨뿐이었다.

그 니카이도 씨가 자꾸만 구로켄에게 결혼을 권하고 있었다. 일 년에 소설을 다섯 권씩이나 출간하고 있으니 나름대로 수입도 안정되었고 이제 때가 되었다는 것이다.

"대체 왜 결혼하고 싶지 않아? 앞으로도 좀 더 여자들과 놀아보겠다는 심보야?"

"아이, 그런 게 아니고요, 그냥 필요를 느끼지 못하는 것뿐이에요. 여자들과 놀다니, 그런 남 듣기 사나운 말씀은 하지 마시고요."

"그래도 좋아했던 여자가 전혀 없는 건 아니지?"

"그야 있었죠. 근데 계속 함께 살 수 있는가 하면 그건 아무래도 좀 어렵겠더라고요."

"그건 진심으로 좋아한 것이 아니지."

"그래, 단순히 그 사람과 섹스를 하고 싶었던 거야." 나도 덩달아 거들고 나섰다.

"아뇨, 섹스는 상관없어요. 어느 쪽인가 하면 섹스 같은 건 없어도 좋다고 생각합니다. 섹스 같은 것보다 오히려 자위가 더 낫다고까지 생각하는데요."

"뭐라고? 그럴 리가 있어?"

내 말에 구로켄은 진지한 얼굴로 손을 내저었다.

"아뇨, 그건요, 히가시노 씨가 자위의 좋은 점을 이해하지 못했기 때문이에요. 자위를 궁극적으로 연구하지 않았기 때문이라고요."

"자기는 그럼 궁극적으로 연구했다는 거야?"

"예, 나름대로 연구했다고 생각합니다." 구로켄은 갑자기 가슴을 당당히 내밀며 말했다. "이를테면 뛰면서 쏜다는 거, 아주 최고거든요."

"뛰면서 쏜다고? 뭐야, 그게?"

"그건 그러니까, 이를테면 책상 위 같은 데로 뛰어올라가면서 쏘는 거예요."

"그 말은 혹시…… 발사하는 순간에 뛴다는?"

"네, 그렇죠." 구로켄은 크게 고개를 끄덕였다. "공중에 붕 뜬 감각과 매치되면서, 네, 아주 최고예요."

"진짜 어처구니가 없네." 니카이도 씨가 흠칫 몸을 젖혔다.

"아니, 정말이에요. 해본 적 없으십니까?"

그런 짓을 왜 하겠냐고 전원이 일제히 부정했다.

"아, 근데 좀 궁금해서 그러는데, 뒤처리는 어떻게 해?" 누쿠이가 머뭇거리는 기색으로 질문했다. "여기저기 튈 것 같은데."

"그건 뭐, 내 손으로 싹싹 닦지." 구로켄이 태연히 말했다.

"닦을 때, 허탈하지 않아?"

"아니, 그야 뭐, 허탈하지. 하지만 쾌락을 위해서는 그런 감정에 무너져서는 안 돼." 구로켄은 자신만만하게 답했다.

이 친구, 뇌가 썩은 거 아닌가, 라고 나는 생각했다. 그리고 일시적이라고는 해도 이런 바보가 내 팬클럽 회장이었다고 생각하니 한심한 심정이었다. 고단샤도 이런 바보라는 것을 미리 알았다면 메피스트 상*을 주지 않았을 것이다.

그 얘기를 계기로 우리의 대화는 한없이 야하고 낮은 수준으로 떨어졌다. 이 지면에는 결코 쓸 수 없는 내용들뿐이다. 아무튼 먼저 잠자리에 들었던 누쿠이가 너무도 흥미진진한 얘기에 다시 기어 나왔을 정도다.

그래서 2일째는 수면부족의 하루가 되었다. 가사이 기요시**

---

*일본 고단샤가 발행하는 문예지 《메피스트》에서 공모하는 신인 문학상으로 미스터리, 판타지, SF 소설을 대상으로 한다.
**1948~. 1979년 《바이바이, 엔젤》로 가도카와 소설상 수상. 한국에 소개된 작품으로는 《묵시록의 여름》 등이 있다.

씨가 뒤늦게 호텔로 찾아와 합류했다. 그날의 겔렌데는 후지미 파노라마 스키장이었다. 차 두 대에 나눠 타고 그쪽으로 향했다. 나는 가사이 씨의 차에 탔다. 차 안에서 가사이 씨에게 올 들어 스키는 몇 번째시냐고 물어봤더니 잠깐 어물어물하다가 말했다.

"우리 둘만의 비밀로 해줘. 실은 열한 번쯤."

"엇, 그럼 거의 매일이잖아요. 그러고도 용케 일은 다 하셨네요?"

"글쎄 그러니까 우리 둘만의 비밀로 해달라니까."

너무 깜짝 놀란 얘기라서 방금 여기에 써버렸다. 죄송합니다.

후지미 파노라마 스키장은 곤돌라로 직선거리 약 2.5킬로미터를 올라가 단숨에 타고 내려오는 겔렌데다. 실제 거리는 3.5킬로미터는 될 것이다. 4백 미터였던 자우스로 환산해보면 약 9자우스다. 이건 정말 힘에 부친다. 하지만 가사이 씨는 구로켄에게 "오늘은 곤돌라를 최저 10회는 탈 테니까 그리 알아!"라고 기합을 넣고 있었다.

후지미 파노라마는 정말 만만치 않았다. 거리가 긴데다 중간에 상당한 급경사까지 기다리고 있었다. 한 차례 타고 나면 몸이 후들거리고 허벅지는 뻣뻣해졌다.

그래도 구로켄과 가사이 씨는 공언했던 대로 10회를 달성해버렸으니 참으로 놀랍지 않은가. 게다가 더더욱 놀란 것은 나도 9회를 탔다는 것이다. 하지만 역시 후반에는 다리가 마음먹은 대로 움직이지 않았다.

그날 밤은 가사이 씨 댁(이라기보다 정확하게는 작업실)에 가서 신세를 졌다. 넉살좋은 구로켄은 발마사지기를 발견하고 즉각 시험해보고 있었다.

맥주를 마시고 냄비요리를 먹으며 스키 회의로 이야기꽃을 피웠다. 냄비가 바닥난 뒤에도 이 회의가 끝나지 않아 또 다른 방에서 임시 스키 강습회가 벌어졌다. 가사이 씨가 카빙 스키 레슨 비디오를 켜주었기 때문이다.

실은 내가 최근까지 카빙 스키라는 것을 크게 잘못 알고 있었다. 단순히 종래의 것보다 짧아지고 턴이 쉬워진 것일 뿐 테크닉 자체는 다를 게 없다고 생각했었다. 그런데 실제로는 종래와는 전혀 다른 방식으로 타야 하는 모양이었다.

비디오를 보면서 가사이 씨는 분노했다.

"몸을 경사면 아래로 향해서는 안 되다니, 대체 뭔 소리야. 옛날에는 반드시 그렇게 해야 한다고 가르쳤어. 시키는 대로 하려고 얼마나 연습을 많이 했는데 이제 와서 딴소리야."

"카빙 스키에서는 그러면 안 돼요." 설명 역할은 구로켄이다.

"왜?"

"왜냐면…… 그래서는 카빙 스키의 특성을 살릴 수 없거든요."

"이 비디오에서는 다리 안쪽에 힘을 실으라는 식으로 얘기하지? 근데 옛날에는 다리 안쪽에는 힘을 주면 안 된다고 가르쳤어."

"그것도 카빙 스키에서는 통하지 않아요. 다리 안쪽에도 단단히 힘을 줘야 합니다."

"왜 그런 거야?" 누쿠이도 입이 뾰로통해졌다. "그럼 지금까지 우리가 해온 것은 뭐지?"

"아니, 그러니까 그건 그것대로 괜찮아. 옛날식 스키일 뿐 틀린 건 아니라고."

"옛날식이라니, 케케묵은 구식인 것처럼 말하지 마. 우리 둘이 동갑이잖아."

"아니, 내가 언제 케케묵은 구식이라고 했어? 다만 이제는 좀 뭐랄까, 시대가 달라졌다는 얘기야. 스키도 소설도 마찬가지여서 세대교체가 이뤄지는 거라고. 아, 그러니 옛날 분들은 이제 슬슬 물러나주셨으면 합니다, 헤헤헷."

"뭣이라고!"

그 뒤 구로켄이 우리에게서 뭇매를 맞은 것은 더 말할 것도 없다.

2003년 1월

아저씨 스노보더의 지칠 줄 모르는 도전

중학생 때, 검도를 했었다. 당연한 얘기지만 검도는 호구(護具)를 쓴다. 호면과 갑, 그리고 손을 보호하는 호완이 있다. 상당히 격한 스포츠라서 땀이 많이 난다. 그 땀으로 호구가 젖는다. 특히 살갗에 밀착되는 호완은 항상 안쪽이 눅눅하게 젖는다.

검도를 해본 적이 있는 사람이라면 알겠지만 그렇게 눅눅해진 호완은 지독한 냄새를 풍긴다. 그 호완을 꼈던 손까지 냄새가 난다. 코가 삐뚤어진다는 표현이 전혀 과장이 아닐 정도로 지독한 냄새다. 검도를 그만하게 되면서 가장 다행스럽게 생각했던 게 그 지독한 냄새를 더 이상 맡지 않아도 된다는 것이었다.

그런데 이게 웬일인가. 이제 나와는 인연이 없다고 생각했던 그 냄새를 바로 며칠 전에 맡고 말았다. 장소는 모 겔렌데의 휴게실 안이다. 잠깐 한숨 쉬려고 담배를 입에 문 순간, 그 지독한 냄새가 콧구멍을 자극했다.

대체 어디서 냄새가 나는가 하고 킁킁 맡아봤더니 검도를 하던 때와 똑같이 손등 부분에서 악취가 나고 있었다. 나도 모르게 얼굴이 일그러졌다.

"뭐야, 왜 이렇게 냄새가 나지?"

생각할 수 있는 원인은 딱 한 가지밖에 없다. 나는 보드 장갑 안쪽의 냄새를 맡아봤다. 그 순간, 정신을 잃을 뻔했다.

"우웩!"

내 장갑이 그때의 호완과 똑같은 냄새를 풍겼던 것이다. 그러고 보니 눅눅한 것도 흡사하다.

다음 날, 글러브에 소취 스프레이를 듬뿍 뿌리고 햇볕에 말렸다. 한 번으로는 냄새가 빠지지 않아 여러 번 되풀이했다. 그래도 희미하게 냄새가 났다.

하긴 그럴 만도 하다고 생각했다. 자우스라는 강한 조력자가 있었던 덕분에 작년 봄에 스노보드를 시작한 이후로 거의 매주 이 장갑을 꼈다. 물론 매번 말리기는 했지만 장갑을 세탁한 적은 한 번도 없었다. 그야말로 중학교 검도부 시절의 호완과 똑같이 취급했으니 똑같은 악취를 풍기는 것은 이론상 합당한 일이다.

지난 일 년 동안 용케 버텨주었구나, 라고 소취제로 축축해진 장갑을 바라보며 지금까지의 일을 절절이 되돌아보았다.

그만큼 연습량이 많았다는 얘기니까 실력도 상당히 좋아졌을 것이다. 과연 어디까지 올라왔는지 체크하기 위해 강사에게 한 번 봐달라고 하자고 마음먹었다. 즉각 항상 함께하는 콤비, S편집장과 T여사에게 연락했더니 둘 다 찬성의 뜻을 표해주었다.

그뿐만 아니라 나를 스노보드의 세계로 이끌어준 옛《스노보더》 편집장 M씨도 동행한다는 것이었다. 행선지는 물론 나에게는 약속의 땅이 되어준 가라유자와였다.

1월 말일, 작년과 마찬가지로 신칸센을 타고 갔다. 그때는 스노보드의 스 자도 알지 못한 채, 과연 어떤 시련이 나를 기다릴지 가슴을 두근거리며 이 기차를 탔지만 이번에는 전혀 다르다. 아무튼 어서 빨리 스노보드를 타고 싶어 몸이 근질근질한 것이다. 마음에 걸리는 것이라고는 겔렌데의 컨디션뿐이다.

"눈이 좀 더 내려줬으면 좋겠다. 폭신폭신한 신설(新雪) 위를 달리면 최고인데."

"신설, 좋지요, 좋지요."

그런 말을 주고받았던 것인데 신칸센이 현지에 점점 가까워질수록 우리의 얼굴은 굳어지기 시작했다. 창밖은 그야말로 대설이었다. 바람도 강해보였다.

완전히 말수가 줄어든 채 우리는 가라유자와 역에 도착했다. 준비를 끝내고 곤돌라로 갈아탔지만 밖을 보고 한층 암담한 기분이 들었다. 눈발이 자욱해서 건너편조차 보이지 않았다.

"이것은 문자 그대로 눈보라입니다." T여사가 책이라도 읽는 듯한 투로 말했다. 너무 망연자실해서 감정을 목소리에 담을 수가 없는 모양이다.

"그래도 곤돌라가 운행하고 있잖아. 그냥 뿌옇게 보이는 것뿐이야. 위로 올라가면 의외로 잠잠해지지 않을까?"

내 말에 모두가 고개를 주억거렸다.

"그렇겠죠? 네, 괜찮아요, 괜찮아."

"심한 눈보라였다면 곤돌라도 서버렸을 걸요."

"그럼, 그럼, 하하하, 하하하하."

좁은 곤돌라 안이 공허한 웃음소리로 가득 찼다.

그렇게 겔렌데에 도착했다. 우리의 기도는 하늘에 가닿지 않았는지 사납게 눈보라가 휘날리고 있었다. 춥다기보다 아플 정도로 세찬 눈과 바람이었다. 휴게소에서 밖으로 나서려던 나는 바람에 떠밀려 다시 들어왔다. 추위에는 강한 편이지만 이건 도저히 견딜 수 없었다. 목에 둘둘 감을 것이라도 사자, 하고 매점으로 뛰어갔더니 벌써 T여사는 따뜻해 보이는 목도리를 구입한 참이었다.

"엇, 뭐야, 혼자만?"

"히가시노 씨는 추운 거 좋아하잖아요."

"눈보라는 좋아하지 않아. 나도 목도리 좀 사야겠어."

둘이서 매점을 나서자 S편집장이 입을 툭 내밀었다. "앗, 뭐예요, 그거? 비겁하게."

결국 셋이서 똑같은 목도리를 두르게 되었다. 참고로 M씨는

스노보드가 추운 스포츠라는 것을 이때 깨달았다. 당연한 얘기지만.

목도리 대신 타월을 둘둘 감았다. 비용은 절약했을지 모르지만 영락없는 생선가게 아저씨였다.

강추위에 단단히 채비를 한 뒤에 드디어 스노보드 타기에 들어갔다. 이번 강사는 마쓰무라 게이타 씨라는 사람이다. 올해는 나만 레슨을 받기로 했다. 작년에 초보자 레슨을 함께 받았던 S편집장이 이번에는 M씨에게 코치를 부탁한 것이다.

먼저 리프트를 타야 한다. 위로 올라갈수록 눈도 바람도 점점 더 거세졌다.

일단 자유롭게 타보라고 해서 항상 하던 대로 적당히 턴을 섞어가며 탔다. 마쓰무라 씨는 바로 뒤를 따라왔다.

"네, 잘 봤습니다. 잘못된 습관도 없고, 아주 좋아요. 다만 몸이 좀 앞으로 숙여지는군요. 턴의 후반에는 중심을 뒤쪽으로 옮기도록 해보세요."

스피드에 뒤처지지 않으려고 중심을 앞쪽에 둔 것인데 계속 그 자세만 해서는 안 된다는 얘기인 모양이다. 혼자 연습해서는 결코 알지 못할 결점이다. 그것만으로도 이번 레슨을 받기를 잘했다고 생각했다.

물론 그밖에도 잘못된 부분을 이것저것 지적해주었다. 거기에 새로운 테크닉도 배웠다.

"네, 좋아요, 그렇게 하시면 됩니다. 잘 타시네요."

마쓰무라 씨의 말에 마음이 턱 놓였다. 책이나 비디오로 배워서는 내가 과연 제대로 타는지 어떤지 알 수 없다. 독자들 중에 만일 스노보드를 시작하기로 마음먹은 분이 있다면 꼭 정식으로 강사에게 배울 것을 추천한다.

그나저나 그날의 날씨는 굉장했다. 강한 바람 때문에 스노보드를 멈출 때마다 제대로 서 있을 수도 없었다. 마쓰무라 씨의 설명을 듣는 동안에는 나도 모르게 웅크리고 앉았다.

두 시간의 레슨이 끝나고 편집자 팀과 합류했다. 일 년 만에 나의 스노보드 타는 모습을 본 M씨는 화들짝 놀란 기색이었다.

"와아, 공치사가 아니라 작년에 시작했다는 게 도저히 믿어지지 않아요."

음하하하, 시작은 작년에 했지만 그동안 연습한 날짜가 얼마나 되는지 그는 알지 못하는 것이다. 자우스를 포함하면 그야말로 수십 일에 달하는데.

"그 정도 실력이면 신설에서도 전혀 문제없겠어요. 내일은 신설 코스로 가시죠."

"좋지요."

그리고 그다음 날이었다. 아침부터 기분까지 좋아질 만큼 쾌청한 날씨였다. 그런데 T여사만 일이 있다면서 혼자 도쿄로 돌아갔다. 아저씨 셋이 겔렌데로 향했다. 맑은 날씨에는 리프트를 타는 것도 상쾌하다.

"이런 쾌청한 날씨에 도쿄에 돌아가다니, T씨도 진짜 억울하겠네." 내가 말했다.

"그러고 보니 가자와 스키장 때도 그랬죠. 쾌청한 날씨에 혼자 돌아갔잖아요." S편집장도 맞장구를 쳤다. "T씨가 혹시 비를 몰고 다니는 게 아니라 눈보라를 몰고 다니는 사람 아니에요?"

"맞아. 틀림없어. 눈보라를 몰고 다니는 사람이 돌아가니까 날씨가 맑아진 거야."

"앞으로는 T씨가 겔렌데를 떠나는 날을 노려야겠어요." M씨도 합세했다.

전날 한껏 눈이 쏟아져 겔렌데는 경사면마다 신설이 두둑하게 쌓여 있었다. M씨는 나를 코스에서 조금 떨어진 장소로 안내해 주었다. 경사도가 높아 사람들이 타고 내려간 흔적이 거의 없는 곳이었다.

"이런 걸 두고 본격 신설이라고 하죠."

멋진 말을 던지고 M씨는 경사면 아래로 휘이익 사라졌다.

좋아, 그럼 나도 가볼까, 라는 생각으로 용감하게 뛰어들었다. 그런데 이게 웬일인가, 평소 같으면 경쾌하게 미끄러지던 판이 전혀 앞으로 나가지 않았다. 그러기는커녕 눈에 파묻혀 꼼짝달싹할 수 없었다. 당연히 힘이 남아돌아 몸은 앞으로 부웅

날려간다. 정신을 차렸을 때, 눈의 욕조에 풍덩 몸을 담그고 있었다. 급히 빠져나오려고 했지만 점점 더 가라앉을 뿐, 움직일 수가 없다. 문득 뒤를 돌아보니 S편집장도 똑같은 상황에 빠져 있었다.

십여 분을 악전고투한 끝에 눈 범벅이 되어 겨우겨우 M씨가 기다리는 곳에 도착했다.

"신설은 나름대로 또 다른 테크닉이 필요한 거예요, 헤헤헷."

M씨는 유난히 신이 난 눈치였다.

"히가시노 씨가 너무 잘 타더라고. 그러다 자칫 덴구*가 되기라도 하면 큰일이다 싶어서 시련을 던져드린 거야."

나중에 S편집장에 들은 바에 따르면 그런 꿍꿍이였다고 한다.

으드득, M씨, 출판업계 스노보더 1위의 지위가 그리도 소중한 것이오?

아무튼 그런 식으로 두 시간쯤을 탔는데 갑자기 날씨가 수상쩍어지기 시작했다. 어라 어라 하는 사이에 눈과 바람이 강해지더니 전날보다 더 큰 눈보라가 몰아쳤다. 이래서는 도저히 안 되겠다 싶어서 우리는 그만 철수하기로 했다.

왜 이렇게 갑작스레 눈이 쏟아지느냐고 셋이서 얘기하다가 퍼뜩 깨달았다.

---

*얼굴이 붉고 코가 높으며 신통력이 있어 심산유곡의 하늘을 자유롭게 날아다닌다는 상상의 괴물.

"혹시 T씨가 도쿄에 도착할 시간 아니야?"

"아, 맞다, 지금 딱 도착할 시간이에요. 자기 혼자만 일하러간 것에 대한 앙갚음으로 이쪽에 눈보라를 날려 보낸 모양이네요."

곤돌라 안에서 밖을 내다보며 세 명의 아저씨 스노보더는 여자의 한이 얼마나 무서운지를 새삼 곱씹었다.

이제 강사에게 실력도 인정받았겠다, 그야말로 기세등등해진 나는 그 뒤에도 열심히 겔렌데에 드나들었다. 일주일에 한 번은 반드시 탔을 정도여서 내가 생각해도 이상할 만큼 열심이었다. 새벽에 세 시간을 운전해 겔렌데에 도착하고 다섯 시간쯤 보드를 탄 뒤에 다시 세 시간을 운전해 집에 돌아온다, 라는 패턴이다. 게다가 대부분은 그 뒤 밤 시간에 도심으로 한잔하러 나갔다. 대체 일은 언제 했느냐고 다들 의아해하지만 솔직히 말해서 나도 잘 모른다.

게다가 아무도 읽어주지 않을 이 글을 위해 신선한 소재를 찾으러 나에바 스키장에 가기로 결정되었다. 그리고 보니 작년에도 나에바에 갔었지만 그때는 이미 눈이 거의 다 녹은 뒤여서 가구라-다시로 쪽으로 이동했었다.

하지만 이번의 나에바는 달랐다. 시기가 빠른 덕분에 눈이 두둑하게 쌓였다. 게다가 눈보라를 몰고 다니는 T여사가 동행했는데도 구름 한 점 없이 새파란 하늘이었다.

"역시 유밍*의 힘은 위대합니다."

그런 결론이 내려졌다. 마침 우리가 나에바를 찾은 그때에 프린스호텔에서 마쓰토야 유미 콘서트를 하고 있었던 것이다.

파란 하늘 아래, 그야말로 실컷 탔다. 겔렌데 지도를 펼쳐보면서 전 코스를 제패해주자고 다들 의욕이 넘쳤다.

"엇, 저쪽은 아직 안 탔어. 사람도 없고 텅 비었어."

곤돌라 위에서 나는 경사면 한 곳을 가리키며 한껏 들떠서 부르짖었다.

"정말 거기는 아직 못 가봤네요. 가볼까요?" T여사도 말했다.

가자, 가자, 하고 곤돌라에서 내리자마자 우리는 그 경사면을 목표로 스노보드를 내달렸다.

이윽고 그 코스에의 분기점에 도착했다. 그곳에는 이런 간판이 서 있었다.

'남자 슬랄럼 코스. 최대 경사도 40도.'

사, 사, 사, 사십 도?

아무도 탈 엄두를 내지 못할 만도 했다. 역시나 겁이 났다. 하지만 여기까지 왔는데 물러설 수는 없다. 나는 화살표 방향으로 슬슬 가보았다. 그러고는 혼비백산했다.

"헉!"

---

*가수 마쓰토야 유미의 애칭.

이런 곳에서 보드를 타는 사람이 과연 있을까, 라고 할 정도로 급경사였다. 아래를 내려다보고 잠시 멍해졌다.

문득 올려다보니 바로 위에 곤돌라가 지나가고 있었다. 창문에 사람들의 얼굴이 보였다. 그들은 분명 이 경사면 위에 멀거니 서 있는 스노보더들이 대체 어떻게 할 것인지, 흥미진진하게 지켜볼 게 틀림없다. 이런 곳에서 쩔쩔 매는 꼴을 보일 수는 없다. 도망쳐서는 안 된다. 명예를 위해 죽을 각오로 몸을 날리는 수밖에 없다.

"으아아아앗!"

기합인지 비명인지 알 수 없는 소리를 내지르며 아저씨 스노보더는 꺼꾸러지듯이 급경사를 향해 뛰어들었다.

2003년 2월

내가 생각해도 너무
지나치게 겔렌데를
들락거렸다. 게다가
이 사진이 전부 다가
아니다. 왼편 위쪽
사진은 자우스 마지
막 날의 티켓이다.

소설, 아저씨 스노보더

소설, 아저씨 스노보더

신문을 읽는 척하면서 마스오는 묵묵히 아침밥을 입에 넣었다. 기분이 별로 안 좋은 것처럼 행동하면 아내가 괜한 잔소리는 못할 거라고 생각한 것이다. 하지만 독자 여러분도 잘 아시다시피 대부분의 경우, 이런 치졸한 연극은 마누라에게는 잘 통하지 않는다.

식사를 마치자 그는 신문을 접어놓고 옆의 의자에 놓인 상의를 집어 들었다.

"가봐야겠다." 목소리에 억양이 담기지 않도록 주의했다. 이 또한 그 나름의 작은 연극이다.

"오늘 어디 출장이랬지?"

"니가타. 어제도 말했잖아."

"돌아오는 건 내일이지? 내일, 회사에 들를 거야?"

"글쎄……. 시간이 되면 들러야지."

마스오는 상의를 입고 현관을 향해 걸어가면서 베이지색 코트를 걸쳤다. 어물어물하다가는 아내의 질문 공세를 맞닥뜨리게 된다는 것을 잘 알고 있었다.

구두를 신고 신발장 위에 놓인 서류가방을 들었다. 얄찍한 가방이다. 안에 위장용 파일과 필기도구 외에는 세면도구와 속옷만 들어 있다. 하룻밤 출장에 이보다 더 큰 짐을 갖고 갈 수는 없다. 그랬다가는 단박에 아내에게 들켜버린다.

"다녀올게."

"잘 다녀와. 조심해."

집을 나와 첫 번째 모퉁이를 돌아선 참에 마스오는 살짝 승리 포즈를 취했다. 이제야 새삼 심장이 콩닥거리기 시작했다. 아내를 기막히게 속여 넘겼다는 흥분, 나아가 이제부터 시작될 꿈같은 시간에의 기대감이 그의 기분을 붕붕 띄워 올리고 있었다.

물론 잘 속였다고 생각한 것은 마스오 자신뿐이고, 사실 그의 아내는 뭔가 수상하다고 이미 감을 잡았다. 그래서 그녀는 오늘 안에 회사에 전화를 해볼 생각이다. 그걸로 섣부른 거짓말은 당장 무너져버릴 테지만, 현 시점에서는 아직 아무것도 모른 채 오로지 행복 가득한 마스오였다.

전차를 갈아타며 도쿄역에 도착한 것은 8시 15분 전이었다. 양복 안주머니에서 조에쓰 신칸센 차표를 꺼내 들고 플랫폼으로 향했다.

플랫폼에는 젊은 사람들이 많았다. 대부분 스키나 스노보드 케이스를 들고 있다. 그래도 마스오처럼 샐러리맨으로 보이는 남자들도 드문드문 눈에 띄었다.

마스오는 지정석 권의 표시를 들여다보며 그린 차*에 탔다. 출장 때는 물론이고 가족 여행 때도 그린 차는 이용해본 적이 없다. 하긴 가족 여행이라고는 최근 몇 년 동안 한 번도 한 적이 없지만.

좌석 번호를 재차 확인한 뒤에 앉았다. 그린 차량은 비어 있었다. 스키장에 가는 젊은이들은 이런 데는 돈을 쓰지 않는다.

시계를 보면서 마스오는 들썽들썽했다. 얼른 오지 않으면 차가 출발해버린다. 아니면 혹시 막판에 약속을 깨려는 건가. 불길한 예감이 가슴을 스쳤다.

발차를 알리는 안내방송이 흘러나왔다. 마스오는 견딜 수 없어서 엉거주춤 몸을 일으켰다. 그때 창문 너머로 미도리의 모습이 보였다. 기다란 스노보드 케이스를 떠메고 종종걸음으로 뛰어오고 있었다.

마스오는 그녀를 향해 두 손을 흔들었다. 그러자 그녀도 알아본 모양이다. 빙긋이 웃으며 승차구로 향했다.

미도리가 차량 안에 들어서는 것을 보고 마스오는 안도의 한숨을 내쉬었다. 그 직후에 열차가 스르륵 출발했다.

"걱정했잖아. 뭔가 급한 일이 생겨서 못 오나 하고……."

*일본 철도의 1등석 객차. 차량에 녹색 마크가 있다.

"미안해. 늦잠을 자버렸지 뭐야. 어제도 손님이 계속 죽치고 있는 바람에 결국 세 시간밖에 못 잤어."

"저런, 힘들었겠다." 마스오는 맞장구를 쳤다. 이렇게 나와준 이상, 그녀가 수면부족이든 뭐든 상관없다. 그보다 미도리가 면바지를 입은 게 마스오는 영 마음에 들지 않았다. 가게에서는 항상 초미니스커트 차림이다. 오늘은 실컷 그 모습을 감상할 거라고 내심 기대했는데…….

"올해는 눈이 많이 쌓였대. 아, 엄청 재밌겠다." 미도리는 옆자리에서 신이 나 있었다.

응응, 하고 고개를 끄덕이면서도 마스오는 내심 불안해졌다. 그녀가 스노보드를 타는 동안 자신은 뭘 하면서 시간을 때울지, 아직 방침을 정하지 못했다.

미도리는 긴자 주점의 호스티스다. 얼굴은 작고 가슴은 크다. 눈은 또렷하고 입은 도톰하다. 마스오가 회사 거래처 접대 때마다 자주 이용하는 주점에서 일하고 있다. 그는 한 달에 한 번쯤은 따로 자기 돈을 털어 찾아가곤 했다. 결제할 때 요금을 보면 번번이 심장이 멎어버릴 뻔했지만 그래도 계속 찾아갔다. 즉 그럴 만큼 미도리에게 홀딱 빠져 있다.

마스오는 올해 50줄에 접어든 샐러리맨이다. 고등학생 딸아이는 말도 못 붙이게 하고, 아내와는 되도록 말을 섞고 싶지 않은, 지극히 평범한 중년 아저씨다. 뚱뚱하지는 않지만 배는 나왔다. 몸무게가 젊은 시절과 별반 차이가 나지 않아 방심하고 있지만 체지방은 20년 전의 두 배 가까이 된다. 머리는 나도 나이가 있는데 어쩔 수 없지, 라는 상태다. 빗질을 좀 세게 했다가는 입험한 사람은 '바코드'라는 표현을 쓸지도 모른다. 하지만 마스오 자신은 그래도 아직은 괜찮다고 생각한다. 가르마가 7대 3에서 8대 2, 그리고 최근에 9대 1에 가까워진 것도 알지 못한다. 알기가 두려운 것이다.

그런 마스오의 꿈은 사랑하여 마지않는 미도리와 온천여행을 떠나는 것이었다. 그래서 그녀와 얼굴을 익혔을 무렵부터 수없이 말을 건넸다.

"이담에 꼭 한번 온천에 가자. 온천 좋아한다고 했잖아."

그런 청에 순순히 응해주는 호스티스는 세상 어디에도 없다. 절대로 없다고 해도 과언이 아니다. 손님의 청에 일일이 응해줬다가는 몸이 남아나지 않는다, 라는 것이 그녀들의 본심이다. 그래서 미도리도 이런저런 이유를 둘러대며 계속 거절해왔다. 여기서 중요한 것은 손님이 불쾌해하지 않도록 보드랍게 달아난다, 라는 것이다. 자칫 화나게 해서는 본전도 못 건진다. 그런 능수능란한 처세술 덕분에 여태까지 긴자 바닥에서 살아남았다.

그런데 어느 날, 미도리가 평소와 다른 반응을 보였다.

"아이, 그렇게까지 얘기하시니 한 번 가드릴까?"

마스오가 순간 잘못 들었나 생각했을 만큼 감촉 좋은 반응이었다.

"가, 가자, 가자고. 어디가 좋아? 어떤 온천으로 갈까?" 마스오는 콧김을 내뿜으며 말했다.

"근데 온천만 하면 재미없잖아. 나, 스노보드도 타고 싶은데."

"스, 스노보드?"

"응. 올해는 아직 한 번도 못 탔어. 현재로서는 갈 예정도 없고. 그래서 온천 가는 김에 스노보드도 탈 수 있으면 좋겠어."

스노보드라니, 판자때기를 발로 짚고 옆 방향으로 타는 그거?

마스오의 머릿속에는 그런 정도의 이미지밖에 떠오르지 않았다. 하지만 그건 어찌됐든 상관없다. 중요한 것은 미도리가 나와 함께 온천에 가준다는 것이다.

"그럼, 그럼, 스노보드도 타야지. 그러니까 우리, 온천 가자."

숨을 헉헉거리고 침을 튀겨가며 마스오는 온천여행 이야기를 진척시켰던 것이다.

에치고유자와 역에서 두 사람은 내렸다. 주위는 온통 스키어와 스노보더였다. 샐러리맨은 대부분 그 전의 다카사키역에서 내렸다. 플랫폼을 걸어가는 자들 중에 샐러리맨인 듯한 사람은 자신 뿐, 이라는 것을 마스오는 알지 못했다. 그의 눈에는 오로

지 미도리만 보였던 것이다. 그래서 그녀가 무거운 듯 스노보드 케이스를 들어 올렸을 때도,

"됐어, 됐어, 내가 할게."

라면서 자신이 들고 말았다. 베이지색 비즈니스 코트를 입고 왼쪽 옆구리에는 서류가방을 끼고 빈 오른손으로 스노보드 케이스를 든 모양새가 얼마나 기이한 것인지, 생각할 여유 따위 그에게는 없었다. 이를테면 그들의 몇 미터 뒤에서 걸어오던 히가시노 ○○○라는 작가가 동행한 두 사람의 편집자와 다음과 같은 대화를 나누고 있으리라고는 꿈에도 생각하지 못했다.

"저게 뭐야? 다카나카 씨, 저 아저씨가 들고 있는 거, 스노보드 맞지?"

"어디 보자, 정말 스노보드 같은데요? 저렇게 좁고 긴 여행 가방이 있을 리도 없고……. 네, 아무리 봐도 저건 보드예요, 스노보드입니다."

"그렇지? 세상에 저런 특이한 아저씨 스노보더가 다 있네."

"아뇨, 자세히 좀 보세요. 옆에 유난히 야시시한 아가씨가 있잖아요. 아무리 봐도 호스티스예요. 저 아저씨, 호스티스하고 여행을 온 겁니다."

"아하, 스즈키 편집장이 그렇게 봤다면 틀림없네. 흥, 부인에게는 출장이라고 거짓말을 하고 젊은 아가씨와 온천여행을 다

녀? 괜찮하다, 괜찮해. ……근데 좀 부럽기도 하네.”

에치고유자와 역에서는 셔틀버스로 갈아탔다. 도착한 곳은 N 스키장이다. 겔렌데 앞에 있는 P호텔이 오늘밤의 숙소다. 마스오로서는 한적한 온천여관에서 도란도란 정을 나누고 싶었지만, 꼭 이 호텔로 해야 한다고 미도리가 말했던 것이다.

프런트에서 수속을 하는데 체크인은 3시부터고 그때까지는 방을 쓸 수 없다고 했다. 스키어와 스노보더들은 탈의실에서 옷을 갈아입고 짐은 코인로커에 맡겨두는 모양이었다.

“그럼 난 스노보드 타러 갈게. 마스오 씨는 어딘가 적당한 데서 기다려줘.”

“응? 응응.”

그렇게 대답할 수밖에 없었다. 마스오는 스노보드는 물론이고 스키조차 타본 적이 없었다.

위아래 빨간 보드복으로 갈아입은 미도리는 역시 빨간색의 보드 판을 껴안고 겔렌데로 뛰어가버렸다. 그 뒷모습을 배웅한 뒤, 마스오는 호텔 라운지에서 커피를 마시기 시작했다. 문득 주위를 둘러보니 대부분의 사람들이 스노웨어를 입고 있었다. 양복 차림에 비즈니스 코트를 안고 있는 사람은 자신뿐이었다.

두 시간여를 마스오는 그곳에서 보냈다. 뱃속이 커피로 출렁출렁했다. 점심때가 지나서야 미도리가 돌아왔다.

"아, 힘들어. 근데 너무 기분 좋아." 환하게 웃는 얼굴로 미도리는 말했다.

마스오로서는 불평 한마디쯤은 하고 싶은 기분이었다. 내가 왜 이런 곳에서 기다려야 하는가. 하지만 입 밖에 낼 수는 없었다. 여기서 괜히 토라지기라도 하면 아무것도 안 된다.

"그래? 거, 다행이네." 뜻을 이룰 때까지만 참자, 하고 체념했다.

겔렌데가 내다보이는 레스토랑에서 점심을 먹기로 했다. 빨간 스노웨어의 젊은 아가씨와 양복차림의 중년 아저씨. 이건 뭐, 누가 보더라도 수상쩍은 조합이다. 그때쯤이 되자 마스오도 주위에서 다들 묘한 시선으로 쳐다보는 것 같다는 생각이 들기 시작했다. 눈치가 꽝인 것이지만, 한편으로는 그만큼 흥분했다는 얘기다.

"근데 그 스노보드, 얼마나 더 탈 거야?" 마스오는 머뭇머뭇 물어보았다.

"글쎄, 아직 잘 모르겠어."

"이제 어지간히 탔잖아. 아까 힘들다고 했지?"

"아이, 무슨 소리야, 이제 시작인데. 연습 삼아 몇 번 오르락내리락했어. 아직 본격적으로 타지도 않았다니까."

"그럼 체크인 시간까지만 쉬는 건 어떨까. 갑작스레 무리하면 다치기 십상이야. 체크인 하면 방에도 들어갈 수 있잖아."

방에 들어가기만 하면 내 뜻대로, 라고 마스오는 생각하고 있는 것이다.

"체크인은 3시지? 아직 한 시간이나 남았어. 그렇게 시간을 허비하면 아깝잖아. 마스오 씨, 먼저 체크인하고 방에 가서 편히 쉬고 있어. 난 속이 후련할 때까지 타고 그다음에 휴대전화로 연락할 테니까 그때 방 번호 알려줘, 응?"

"……그래? 알았어."

이런 경우, 그녀의 말이 더 합리적이라 마스오로서는 어떻게도 대꾸할 수가 없다. 결국 점심식사가 끝나자마자 미도리는 총총히 겔렌데로 달려갔다.

어쩔 수 없이 마스오는 레스토랑 옆의 매점에 들어갔다. 선물가게라기보다 웬만한 편의점 같은 짜임새였다.

진열대에서 융커 드링크* 병을 발견하고 그의 눈빛이 번뜩였다. 오늘밤은 젊은 미도리를 상대해야 하는 것이다. 조금쯤은 체력을 보강해두는 게 좋겠다고 생각했다. 드링크 두 병을 꺼내 계산대로 향했다. 하지만 중간에 다시 돌아가 한 병을 더 가져왔다.

드디어 3시가 되어 체크인 수속을 했다. 하지만 방에 들어선 마스오는 낙담했다. 트윈룸이라는 건 알고 있었지만, 침대 사이즈가 너무 작았다. 이래서는 다양하게 할 수 없잖아, 라고 그는

---

*식물성 생약에 비타민을 배합한 자양강장 드링크로, 사토제약의 인기상품이다. '융커'는 독일어 'Junker(귀공자)'에서 따온 것.

생각했다.

양복을 벗어던지고 호텔 유카타*로 갈아입었다. 텔레비전을 켰지만 재미있는 방송은 하나도 없었다. 그보다 이런 곳에 와서 텔레비전으로 시간을 때우는 것 자체가 어이없는 짓이었다.

그래, 어렵사리 온천지까지 왔다, 목욕을 안 할 이유가 없잖아?

마스오는 유카타 차림으로 방을 나섰다. 노천탕이 있다는 건 프런트에서 안내해줘서 알고 있었다.

1층으로 내려가 복도를 잠시 걸어갔더니 '노천탕→'이라는 표시가 있었다. 그는 그 표시 방향을 따라 걸어갔다. 그런데 가도 가도 그럼직한 장소가 나타나지 않는 것이었다. 그러기는커녕 겔렌데와 연결된 커피하우스들만 줄줄이 있어서 그 옆을 지나갈 때마다 냉기에 온몸이 와들와들 떨렸다. 마주치는 스키어와 스노보더들은, 당연한 일이지만 눈이 둥그레져서 힐끔힐끔 쳐다보았다.

실은 이 호텔의 노천탕은 신관(新館) 맨 끝에 있었다. 그래서 마스오처럼 본관에 숙박한 사람은 그 노천탕에 가려면 기나긴 연결 통로를 건너가야 한다. 물론 그런 내용을 그는 알지 못했다. 관내 배치도를 먼저 확인하지 않은 게 큰 실수였다.

---

*여름철, 혹은 목욕 후에 입는 무명 홑옷.

마스오는 오기가 나서 계속 걸었다. 어떻게든 내가 온천만은 꼭 하고 말겠어, 라는 집념 덩어리가 되었다. 게임센터 안을 건너고 겨울스포츠로 지친 젊은이들이 햄버거를 와구와구 먹는 옆을 지나 마침내 목적지인 노천탕에 도착했다.

뜨거운 물속에서 팔다리를 쭉 펴자 드디어 온천지에 왔다는 실감이 났다. 조금만 더 참으면 미도리가 돌아온다. 그러면 그다음은……. 기대감으로 가슴이 벅찼다.

평소와는 비교도 안 될 만큼 꼼꼼하게 온몸을 씻었다. 수염도 밀었다. 숱 없는 머리를 드라이어로 세팅하고 세면실에 놓인 향수를 겨드랑이 밑에 살짝 뿌려보기도 했다. 무의식중에 콧노래를 흥얼거리고 있었다.

그렇게 도도한 기분으로 온천을 나선 마스오였지만, 다시 기나긴 연결통로를 건너와야 했다. 방에 도착했을 즈음에는 완전히 몸이 꽁꽁 얼어붙어 다시 방 욕실에서 뜨거운 샤워를 하지 않으면 안 되었다.

욕실에서 나와 융커 드링크 두 병을 마셨다. 일찌감치 마셔두지 않으면 효과가 없을 것 같았기 때문이다. 확인 차 한 병 더 마실까 하는 참에 휴대전화가 울렸다. 미도리였다.

"미안해. 정신없이 타다 보니까 시간 가는 줄도 몰랐지 뭐야."

"벌써 6시야."

"그래, 슬슬 저녁 먹을 시간이네. 저녁식사 티켓은 마스오 씨가 갖고 있지? 나, 레스토랑으로 곧장 갈 테니까 마스오 씨도 그쪽으로 와."

"방에 들렀다 가는 게 어때? 2323호실이야."

"갔다가 또 나오려면 번거롭잖아. 자, 그럼 이따 봐."

그렇게 말하더니 그녀는 전화를 끊어버렸다.

저녁을 먹기에는 조금 이른 감이 있었지만 그만큼 밤 시간이 길어진다고도 할 수 있다. 그는 잠시 고민한 끝에 세 병째의 융커 드링크를 마셨다. 그리고 양복으로 갈아입고 레스토랑으로 향했다.

레스토랑 입구에서 미도리가 기다리고 있었다. 빨간 스노웨어 차림 그대로였다.

"옷 안 갈아입어?"

"응, 귀찮아." 그녀는 혀를 쏙 내밀었다.

낭만이 전혀 없다고 생각했지만 불평은 하지 않기로 했다. 꿈이 이루어질 때까지 이제 얼마 남지 않은 것이다.

레스토랑은 겔렌데를 마주하고 있었다. 창가 자리에서 두 사람은 정식 코스를 먹었다. 겔렌데의 조명이 환하게 보이고, 그 아래로 나이트 스키를 즐기는 사람들의 검은 그림자가 쌩쌩 달려갔다.

"자아, 식사도 끝났고, 방으로 올라가볼까." 마스오는 열쇠를 들고 자리에서 일어섰다.

하지만 미도리는 일어나려 하지 않았다. 고개를 푹 숙인 채 가만히 있었다.

"……왜 그래?"

그러자 그녀는 갑자기 얼굴 앞에서 두 손을 맞댔다.

"자기, 부탁이야. 스노보드, 조금만 더 타게 해줘."

"뭐어?" 마스오는 눈을 허옇게 떴다. "또 타겠다고?"

"올 시즌은 아마 이번이 마지막일 거야. 이번 기회에 마음껏, 실컷, 타고 싶단 말이야."

"그래도 이미 충분히 탔잖아!"

"아이, 조금만 더, 응? 응?"

마스오는 끄응 신음했다. 이제는 정말 큰소리가 나오려고 했다. 하지만 그전에 미도리가 먼저 중얼중얼 읊조렸다.

"그래, 내가 너무 내 생각만 했나봐. 모처럼 이런 좋은 곳에 데려와줬는데 마스오 씨 혼자 놔두고, 내가 생각해도 너무했어. 미안해. 나 같은 애는 이런 데 데려오면 안 되는데……."

그러더니 훌쩍훌쩍 우는 소리가 들렸다.

"아니, 아니, 그런 건 아니야. 난 그냥 무리하게 타면 몸에 안 좋을까봐 걱정한 것뿐이지. 미도리만 괜찮다면 더 타도 돼. 그래, 흡족할 때까지 실컷 타고 와."

"정말 괜찮아?" 미도리가 얼굴을 들었다. 그 뺨에 눈물자국이 없는 것을 마스오는 눈치채지 못했다.

"그럼, 괜찮고말고. 근데 너무 무리하면 안 돼."

"응, 고마워." 미도리는 자리에서 폴짝 일어났다.

그리하여 마스오는 다시 혼자서 방을 지키게 되었다. 하지만 이번에는 나이트 타임이 끝날 때까지, 라는 시간제한이 있어서 그리 힘들게 느껴지지 않았다. 오히려 미도리가 돌아온 다음의 일을 이래저래 상상하며 흥분을 고조시키는 재미가 있었다. 융커 드링크, 제발 강력한 효과를 보여다오, 라고 팬티 속에 호소하기도 했다.

나이트 타임은 9시까지다. 하지만 9시 반이 되어도 미도리는 돌아오지 않았다. 10시가 넘어서도 아무 연락이 없다가 마침내 방의 차임벨이 울린 것은 11시가 다 된 시간이었다.

"지금까지 대체 뭘 하느라⋯⋯."

문을 열자마자 나무라기 시작했지만, 그 말이 중간에 뚝 끊긴 것은 눈앞의 미도리 때문이었다. 그녀는 머리에 붕대를 친친 감고 있었다.

"미도리, 그 부, 붕대⋯⋯."

"아이, 미치겠어. 어떤 놈이 달려와서 쾅 쳤어."

"쳤다고?"

"난 그냥 바인딩을 매고 있었는데 뒤에서 내려오던 놈이…….
여태까지 스키장 의무실에서 치료를 받았어." 미도리는 한쪽 다
리를 절뚝거리며 방으로 들어왔다.

"어, 어, 얼마나 다친 거야?"

"타박상이라는데 오늘밤은 절대 안정을 취해야 한대. 머리에
혹도 생겼고, 진짜 재수가 없었어."

미도리는 트레이너와 면바지로 갈아입었다. 그 차림새 그대로
침대로 기어들었다.

"왜 연락을 안 했어?"

"마스오 씨까지 이런 일에 끌어들이기 싫었어. 괜히 일이 커지
면 당신도 안 좋잖아."

입을 꾹 다물 수밖에 없었다. 아닌 게 아니라 맞는 말이다. 이
건 불륜여행인 것이다.

"나, 아무한테도 말 안 할 거야. 그러니까 마스오 씨, 너무 걱
정하지 마."

"미도리…….."

"난 좀 잘래. 그리 크게 다친 건 아니니까 걱정 말고. 자기야,
잘 자."

미도리는 이쪽에 등을 내보이며 돌아눕더니 담요를 어깨까지

둘러썼다.

마스오는 잠시 멍하고 서 있었다. 대체 이게 무슨 일인가. 온종일 기다리게 해놓고 아무 것도 없이 잘 자라고? 이런 잔인한 일이! 이런 어이없는 일이!

마스오는 그녀의 침대로 다가갔다. 설레는 마음으로 팔을 내밀어 그녀의 어깨에 손을 얹었다.

"미도리……." 말을 건넸다.

"아야얏! 아이구, 아파!" 미도리가 갑자기 부르짖었다.

"왜 그래? 어디가 아픈데?"

"온몸이 다 아파. 구급대원이 그랬어, 오늘 밤에는 통증이 심할 거라고. 그러니까 꼭 안정을 취해야 한대. 섣불리 여기저기 만지면 안 돼. 온몸이 쑤셔. 욱신욱신, 아휴, 어떡해."

그렇게 말을 하니 마스오로서는 손끝 하나 대볼 도리가 없다. 그는 어쩔 수 없이 자신의 침대로 돌아와 누웠다.

이게 뭔가. 대체 이게 뭔가. 무엇 때문에 여기까지 여행을 왔는데? 무엇 때문에 온종일 꾹꾹 참으며 기다렸는데? 어떻게 이럴 수가……. 온갖 불만, 고뇌, 후회, 의문이 그의 머릿속에서 소용돌이쳤다. 납득할 만한 일이라고는 한 가지도 없었다.

그럴 만도 하다. 미도리와 뜨거운 밤을 보낼 것이라는 기대감 때문에 지금까지 꾹꾹 참고 기다린 것이다. 그런데 손끝 하나 만질 수 없다니, 이런 말도 안 되는 일이 있는가.

하지만 독자 여러분께서도 이미 짐작하신 것처럼 이건 처음부터 정해진 시나리오였다. 그 시나리오를 쓴 것은 물론 미도리다. 그녀는 마스오와 깊은 관계를 맺을 마음 따위 요만큼도 없었다. 그저 스노보드를 타고 싶었을 뿐이다. 동시에 끈질기게 온천 여행을 졸라대는 손님의 혼을 쏙 빼놓을 수 있다면 그야말로 일석이조라고 생각했던 것이다.

부상을 입었다는 건 물론 지어낸 얘기다. 미리 준비해온 붕대로 머리를 친친 감았을 뿐이다. 그리고 마스오가 완력으로 덮칠 만한 배짱이 없다는 것도 그녀는 파악하고 있었다.

가엾은 마스오는 미도리의 등짝만 하염없이 바라보았다. 융커드링크 세 병이 효과를 발휘했는지 그의 페니스는 잔뜩 성이 나 있었다. 담요 속에서 그는 그것을 움켜쥐고 있었다. 잠이 올 기미라고는 전혀 없었다.

새벽녘에야 그는 드디어 꾸벅꾸벅 졸기 시작했다. 그리고 전화 소리에 화들짝 눈을 떴다. 수화기를 들자 호텔 직원의 목소리가 들려왔다.

"고객님, 죄송합니다만 체크아웃 시간이 지났습니다."

마스오는 깜짝 놀라 시계를 보았다. 오전 10시에서 30분이 지난 시각이다. 게다가 옆 침대에 미도리의 모습은 없었다. 그녀의 짐도 함께 사라졌다.

"여보세요, 고객님?"

"미도리는? 아, 아니, 나하고 같이 온 여자는?"

"예?"

"아니, 아뇨, 됐어요. 곧 가서 체크아웃 할게요."

마스오는 미도리가 누웠던 침대로 다가갔다. 베개 위에 메모지가 놓여 있었다.

'다친 곳이 너무 아파 병원에 가요. 마스오 씨가 푹 잠들어서 차마 깨울 수가 없네요. 고마워요, 마스오 씨. 정말 즐거운 시간이었어요. 도쿄에 돌아가면 우리 가게, 또 찾아주세요. 미도리.'

마스오는 옷장을 열고 양복주머니를 더듬어보았다. 그곳에 넣어둔 도쿄행 차표가 한 장 없어졌다.

오후 2시, 마스오의 모습은 도쿄역에 있었다. 니가타에서 상행 열차를 타고 올라온 참이다. 그는 아직도 멍해져 있었다. 주위의 아무것도 눈에 들어오지 않고 아무 생각도 없다. 엄청난 불행을 겪은 듯한 기분이었다. 하지만 그는 알지 못했다. 진짜 비극은 이제부터 시작이라는 것을.

이를테면 지금 회사에 가면 아내에게서 전화가 왔었다는 소식을 듣게 되리라는 건 전혀 생각도 못했다. 아내가 어떤 방식으로 그에게 제재를 가하려고 하는지, 그런 건 아예 상상도 못했다.

나아가 작가 히가시노 ○○○와 두 명의 편집자가 같은 상행 열차를 탔다는 것도 알지 못했다.

　"어머, 저 아저씨, 오늘은 혼자네요? 무슨 일 있었나?"

　"아하, 저 친구 바람을 맞은 모양이네요. 여자가 도망쳐버린 거예요."

　"그래? 거참, 딱하게 됐네, 크크크."

　"히가시노 씨, 이걸로 단편 하나 써주실래요? 《소설, 아저씨 스노보더》라고 제목을 붙이는 건 어떨까요?"

　"엇, 그거 좋은데? 다음 달은 그걸로 써볼까."

　그런 대화를 나눴다는 것도 상심에 빠진 마스오는 꿈에도 생각하지 못했다.

그다음은 골프?

어떻게 된 영문인지 이 글을 몇 편 쓰다 보니 어느새 연재물이 되었다. 처음에는 단순히 스노보드에 푹 빠졌다는 얘기를 하고 싶었을 뿐인데.

되돌아보니 2003년 시즌은 실로 충실하게 보냈다. 전국 각지에 눈이 풍성했던 것도 있어서 11월 후반부터 거의 매주 한두 번은 겔렌데에 나갔다. 그 횟수를 합하면 30회 가까이나 될 것이다. 실력도 나름대로 좋아졌다고 자평하고자 한다.

스노보드의 즐거움을 너무 여기저기에 광고하고 다닌 탓인지 시즌 후반에 접어들면서 나도, 나도, 라면서 동행하겠다는 편집자가 많아졌다. K카와쇼텐 출판사의 E와 A가 그 첫 주자였다. 자꾸만 함께 가자고 연락이 왔다. 더구나 행선지를 홋카이도로 하고 싶다는 것이다.

"역시 겔렌데는 홋카이도죠. 음식도 맛있고 온천도 좋아요." 선배 격인 E가 말했다.

"하지만 자네들 스노보드는 탈 줄 알아? 해본 적 있어?"

"딱 한 번 타봤어요." E가 말했다.

"저도 한 번 타봤어요. 보통으로 턴을 하는 정도는 가능해요."
A도 의욕이 넘쳤다.

"그렇다면 뭐, 가볼까? E는 스키를 잘 탄다고 했으니까 여차하면 스키로 갈아 신어도 될 거고."

그렇게 별 걱정 없이 두 사람과 홋카이도까지 갔던 것인데 이게 큰 실수였다. 두 사람이 유명한 허풍쟁이 콤비라는 것을 깜빡 잊고 있었던 것이다.

실제로 스노보드를 타보니 두 사람 모두 보드 판을 발에 펜 상태로는 제대로 서지도 못한다는 게 밝혀졌다. 한마디로, 걸음마부터 하나하나 가르쳐야 할 상황이다. 삿포로 국제스키장의 곤돌라에 탄 것까지는 좋았는데 아래로 내려오기까지 세 시간이 소요되었다. 자랑은 아니지만 나 혼자라면 5분 만에 내려올 수 있는 거리다. 이건 완전히 한 방 먹었다.

도저히 방법이 없겠다 싶어서 다음 날 오후부터는 E에게 스키를 타라고 했다. 본인의 신고에 따르면 웨데른(스키의 최고기술)쯤은 식은 죽 먹기라고 했다. 그것 역시 허풍이겠지만 그래도 웬만큼은 탈 것이라고 생각했더니만, 그 또한 크게 방심한 것이었다. 그는 웨데른은커녕 보겐(스키의 가장 초보적인 기술)조차 아슬아슬한 실력이었던 것이다.

멀리 홋카이도까지 갔는데 눈밭에서 뒹굴기만 하다가 돌아온

게 어지간히 분했던 모양이다. 그 뒤로 한참동안 두 사람은 본격적으로 스노보드를 해볼 테니 좀 가르쳐달라고 울며불며 매달렸다. 이미 4월에 접어들었지만 나는 여전히 일주일에 한 번은 겔렌데에 나갔기 때문에 결국 그들도 데려가기로 했다. 어차피 길게 가지 못할 거라고 예상했는데, 그들은 거의 매주 꼬박꼬박 따라왔다. 그 노력의 보람이 있어서 두 사람 다 그럭저럭 자세가 잡히기 시작했다. 그들의 마음은 벌써 다음 시즌으로 내달리고 있었다. 이번에는 보드판과 부츠도 미리 구입해서 시즌이 시작되는 것과 동시에 눈밭으로 달려가겠다고 한다. 그래서 여자들에게 인기를 좀 끌어볼 속셈이다. 동기는 불순하지만 스노보드교의 신자가 불어난 것 자체는 흐뭇한 일이었다. 참고로 A의 꿈은 아래와 같다.

"내년 2월이나 3월에는 내 차에 내 보드 판을 싣고 내 여자친구와 함께 겔렌데에 간다, 그리고 그녀에게 스노보드를 가르쳐준다, 라는 거예요."

그래, A, 열심히 해봐. 하지만 그러기 위해서는 차도 사야 하고, 보드 판도 사야 하고, 실력도 일취월장해야 하고, 무엇보다 여자친구를 사귀어야 한다. 아아, 참으로 머나먼 여정이다.

그 A와 똑같은 꿈을 가진 사람이 K단샤 출판사의 S였다. 그도 나의 스노보드 제자 중 한 명이다. 예전에 야구 소년이었던 S는 운동신경이 뛰어나고 체력도 E나 A와는 비교가 안 될 만큼 좋다. 게다가 더 어리기까지 하다. 배짱도 두둑해서 급경사에서도 겁을 내지 않고 과감하게 뛰어든다. 그래서 내 제자 중에서는 제1위의 실력이다.

더구나 S는 이미 자신의 보드 판과 부츠를 구입했다. 그것만으로도 A보다 한발 앞서간 것이지만, 가장 큰 차이점은 S에게는 여자친구가 있다는 점이다. 실력 향상이 빠른 S에게 부족한 것은 이제 자동차뿐이다. A, 차만이라도 S보다 먼저 사야겠지?

그렇게 스노보드 친구도 점점 많아졌지만 계절의 변화와 함께 눈은 점점 녹아 없어지는 게 현실이다. 5월에 접어들자 스키장은 하나둘 영업을 종료해서 이 글을 쓰고 있는 시점에 아직도 영업하는 곳은 특수한 두세 군데의 겔렌데뿐이다. 나로서는 5월 2일 가구라-미쓰마타 스키장에서의 활주가 사실상 올해의 마지막이 되어버렸다.

자우스가 폐쇄되자 오프 시즌에 스노보드를 타는 것은 거의 불가능에 가까운 일이 되었다. 아니, 실은 방법이 전혀 없는 것은 아니다. 하프파이프라면 실내 연습장이 몇 군데 있다. 하지만 하프파이프에는 아직 손을, 아니, 발을 내밀 수가 없다. 그런 것까지 도전하는 데는 그야말로 상당한 용기가 필요하다. 또 한 가지 방법은 일본을 탈출하는 것이다. 이를테면 뉴질랜드로 날아가면 7월이나 8월에도 마음껏 탈 수 있다. 이 글에서 몇 번 소개했던 작가 구로다 겐지=변태남 구로켄은 작년에 카빙 스키 수업을 위해 뉴질랜드에 갔었다고 한다. 하지만 영어를 잘 못하는, 아니, 전혀 못하는 나로서는 익숙하지 않은 해외에 가는 것보다는 하프파이프의 공포 쪽이 그나마 더 낫다는 마음이 들었다. 그런저런 사정으로 오프 시즌에 스노보드를 타볼 계획을 세우지 못하고 있었다.

한동안 스노보드를 쉬어야 한다는 얘기를 얼핏 했더니 어디서 그걸 주워들었는지, 그렇다면 다른 스포츠를 하자고 편집자들이 접근해왔다. 그들이 제안하는 스포츠는 단 한 가지였다. 골프다.

"골프로 하시죠. 골프, 진짜 재밌어요. 어떤 코스든 다 안내해 드릴 테니까요, 골프 시작해주세요. 네? 네? 네?"

대략 그런 식이다. 이른바 접대 골프라는 것이다. 물론 그것을 빙자해 자신들이 회사 돈으로 골프를 즐겨보려는 속셈이다.

항상 불만스럽게 생각하는 것인데, 접대란 상대가 원하는 것을 함께해준다는 게 정석 아닌가. 이를테면 현재 미스터리 업계를 좌지우지하는 '오사와 오피스*와 접촉하려고 한다면 일단 골프를 하지 않고서는 얘기가 되지 않는다는 것이 업계의 상식이다. 최근에도 모 텔레비전 방송국 프로듀서가 오사와 오피스 소

---

*미스터리 작가 오사와 아리마사, 미야베 미유키, 교고쿠 나쓰히코가 공동출자하여 설립한 회사. 작품 회의와 저작권 관련 업무, 자체 전국서점 홍보 캠페인, 공동 낭독회 등을 하고 있다.

속의 인기 작가 미야베 미유키의 소설 영상권을 얻으려고 찾아 갔다가 "우선 골프를 하라"는 수염 덥수룩한 임원의 위협에 서둘러 연습장에 다니고 있다고 한다. 접대란 원래 그러해야 하는 것이다. 그래서 편집자가 내게 해줘야 할 일은 접대 골프가 아니라 접대 스노보드다. 접대를 하고 싶으니 당신이 우리 취향에 맞춰주시오, 라는 것은 이치에 맞지 않는 얘기다.

하지만 괜히 고집을 피워봤자 쓸데없고, 스노보드를 대신할 만한 스포츠를 찾아야겠다고 생각한 것은 사실이어서 우선 골프도 그 후보 중 하나로 고려해보기로 했다.

사실을 말하자면 골프를 해본 적이 전혀 없는 것은 아니다. 십여 년 전에는 레슨도 받으러 다녔고 한두 번 코스에 나간 경험도 있다. 스코어도 다들 기준으로 삼는 100을 끊은 적이 몇 번 있었다.

골프를 길게 하지 않았던 것에는 몇 가지 이유가 있었다. 거품 경기가 꺼지면서 친구들이 골프를 하지 않게 된 것, 애초에 플레이 비용이 지나치게 비싸다는 것 등이었지만, 나에게 가장 크게 다가온 것은 골프장의 영문 모를 고압적인 태도가 마음에 들지 않았다는 점이다. 캐디에게 팁을 줘야 한다는 암묵적인 규정도 이해할 수 없었다.

"요즘은 그런 거 없어요. 플레이 비용도 저렴해졌어요. 골프장

도 경영을 유지해나가려고 필사적이거든요. 고압적이라니, 그런
건 전혀 없습니다."

많은 사람들이 그렇게 말한다. 아마 맞는 말일 것이다. 그렇다
면 시작해도 좋을까, 라고 일이 착착 흘러갈 뻔했지만, 한 가지
사실을 깨닫고 다시 의욕이 꺼져버렸다.

그 사실이란, 골프 패션에 관한 것이다.

왜 그리도 옷이 촌스러운가. 굳이 이런 옷을 입어야 하느냐고
따지고 싶을 만큼 촌스럽다.

앞서 얘기했던 K단샤의 S도 업무 상 골프를 하지 않으면 안
되게 되었다고 한다. 그래서 어떤 옷차림으로 플레이를 했는지
물어보았다. 그는 우울해 보이는 얼굴로 이렇게 대답했다.

"그건 뭐…… 바로 그 옷이죠. 이상한 폴로셔츠에, 아래는 슬
랙스라고 하는 그거."

스스로 이상하다고 생각하는 옷을 입어야 하는 스포츠라니,
해봤자 재미있을 리 없다. S도 업무 때문이 아니라면 절대로 골
프 따위는 치고 싶지 않고, 그 이상한 폴로셔츠도 내다버리고 싶
다고 했다. 그걸 입고 있는 모습은 여자친구에게 보여줄 수 없다
고도 했다.

이건 단언할 수 있는데, 골프가 젊은이에게 인기를 끌지 못하
는 가장 큰 이유는 바로 그 골프웨어 때문이라는 게 내 생각이

다. 그 옷차림 때문에 골프인의 폭이 좁아지고 있는 것이다.

"그래도 예전에 비하면 상당히 좋아졌어요. 타이거 우즈를 보세요, 멋있잖습니까."

그런 식으로 말하는 사람도 있지만, 우즈는 우즈 본인이 멋있는 것이지 결코 패션이 좋다고는 말할 수 없다. 다른 옷을 입는다면 아마 훨씬 더 멋있을 것이다.

잠깐 알아봤더니 일본 골퍼의 패션 센스는 세계적으로 봐도 심한 편이라고 한다. 이를테면 다음과 같은 특징이 있다는 것이다.

- 골프웨어에 캐릭터가 찍혀 있다.
- 명품 브랜드 로고를 선호한다.
- 금빛이나 광택이 나는 것을 좋아한다.
- 중간색의 조합을 좋아한다.

딱 맞는 말이라고 생각했다. 분명 이런 느낌의 사람이 많다. 그래서 이런 옷을 입은 사람들이 모이는 골프장 그 자체가 촌스러운 장소라는 이미지가 형성된다.

골프웨어에는 정해진 규칙이 있다고 한다. 내가 파악한 바로는 다음과 같은 것이다.

- 상의는 칼라가 달려 있어야 한다. 셔츠 아랫단은 바지 속에 넣어야 한다. 그 위에 방한복을 걸치는 것은 가능.
- 하의는 긴 바지. 단 면바지는 안 됨. 반바지의 경우에는 긴 양말을 신을 것.

폴로셔츠가 싫다면 하이넥스웨터도 괜찮다고 한다. 하지만 유감스럽게도 나는 더위를 심하게 타는 편이라서 하이넥은 평소에도 안 입는다. 애초에 하이넥이 필요할 만큼 추운 시기에는 골프장이 아니라 겔렌데로 달려간다.

그런 규칙이 존재하는 이상, 골퍼들의 그 패션도 어쩔 수 없겠다는 생각이 든다. 아마 그중에는 열심히 자기 나름대로 멋을 부리는 사람도 있을 것이다.

그나저나 왜 그런 규칙이 생긴 것일까. 신사의 스포츠라서? 하지만 전혀 신사로 보이지 않는데?

어쩌면 이건 작전인지도 모른다. 앞에서 골프인의 폭이 좁아진다고 말했지만, 애초에 그걸 노린 것이라고 생각할 수도 있지 않을까. 이를테면 골프 옷차림이 자유로워지면 어떻게 될까. 제멋대로 차려입은 젊은이들이 골프장을 점거해버릴 가능성도 전혀 없는 건 아니다. 그러면 아저씨들이 편하게 놀기가 힘들어질 게 뻔하다.

그 패션은 젊은이들로부터 자신들의 성역을 지키기 위한 장벽인지도 모른다. 그렇게 생각하면 아귀가 딱 맞는다.

아무튼 그 이상한 폴로셔츠는 입고 싶지 않다. 그런 까닭에 골프가 포스트 스노보드가 될 가능성은 한없이 낮다는 결론에 이르게 되는 것이다.

2003년 5월

갓산(月山) 스키장에 다녀왔습니다

그렇게 스노보드 시즌 오프 중에 할 만한 놀이거리를 찾고 있었지만, 과연 언제부터 시즌 오프인가, 그보다 지금은 오프인가, 라는 문제가 떠올랐다. 지난번 글에서 하프파이프는 시즌 오프 중에도 실내에서 탈 수 있다고 했지만, 이런 경우의 시즌 오프는 역시 실외를 이용하지 못하는 기간이라고 해석해야 할 것이다.

허접한 이 글을 쓰는 지금은 6월 중순이다. 이때쯤이면 아무래도 국내에는 겨울스포츠가 가능한 곳이 없다는 게 일반적인 생각이지만, 실은 존재한다. 스키 애호가라면 대부분 알고 있는 곳, 바로 갓산(月山) 스키장이다. 갓산은 야마가타현에 자리한 표고 1,984미터의 산으로, 유도노산, 하구로산과 합하여 데와 3산으로 손꼽힌다. 눈 풍년이라서 해마다 4월 중순이면 벌써 스키장을 오픈하는, 그야말로 딴 세상 같은 곳이다.

내가 그 이름을 처음 들은 것은 고등학생 때였다고 생각한다. 스키와는 전혀 관계가 없다. 당시 아쿠타가와상 수상작의 제목이 《갓산》이었던 것이다. 작가는 모리 아쓰시*. 그 무렵에는 아직 독서에 무관심했지만 국어 선생님이 수업 중에 소개해주셔서 희미하게 기억하고 있다. 아쿠타가와상은 젊은 신인작가가 수상하는 경우가 많은데 이 모리 아쓰시라는 사람은 나이 든 아저씨다, 라는 얘기를 했었다. 국어 성적도 신통치 않았고 수업 내용은 거의 이해하지 못했는데도 그런 얘기는 몇 년이 지난 지금까지 기억나는 걸 보면 뭔가 신기하다.

갓산에서는 여름에도 스키를 탄다는 얘기는 학창시절에 들었을 것이다. 하지만 별 관심이 없었다. 한 시즌에 두어 번 타면 만족하는 평범한 스키어였기 때문이다.

그 갓산에 다시 관심을 갖게 된 것은 작년부터였다. 스노보드를 배운 것까지는 좋았는데 금세 스키장마다 눈이 녹아버려 못내 아쉬워했더니, 아직 탈 수 있는 데가 있습니다, 라고 이제는 익숙해진 등장인물, T여사가 알려준 것이다.

하지만 그때는 거기까지 갈 생각을 하지 못했다. 당시에는 자우스라는 강한 조력자가 있었던 데다, 갓산에서 탈 수는 있지만 진흙투성이 지저분한 눈밭이다, 라는 정보가 들어왔기 때문이다. 아무래도 작년에는 갓산도 눈이 적게 내렸던 모양이다.

---

*1912~1989. 22세 때 문단에 데뷔했으나 긴 방랑생활 끝에 1974년 62세의 나이에 《갓산》을 발표, 제70회 아쿠타가와상을 수상했다. 동료 문인과 평론가들에게서 '유례없는 사소설', '우화에 도입한 이과적 감각'이라는 호평을 받았다.

그런 점에서 올해는 전국 각지 골고루 풍성한 적설의 혜택을 누렸다. 갓산도 마찬가지일 터였다. 이건 안 가볼 수 없다고 생각하고 즉시 T여사에게 문의해보았다.

"그렇죠, 저도 기왕 여기까지 온 거, 이제는 갓산도 제패할 수밖에 없다고 생각하던 중이에요."

T여사는 눈빛을 반짝이며 말했다. 기왕 여기까지 온 거, 라니 그건 무슨 뜻인가. 기왕 여기까지 스노보드를 함께 타준 거, 라는 건가.

어찌됐든 S편집장에게도 물어보니 그쪽도 당장 오케이라고 했단다. 그리하여 6월 어느 날, 이미 세상은 완전히 여름 모드에 들어간 가운데 우리 세 사람은 야마가타로 날아갔다.

항상 하던 대로 보드와 부츠 등은 택배로 먼저 보냈는데 접수처 아주머니가 역시 눈이 휘둥그레졌다. 이번 겨울부터 봄까지 뻔질나게 이 택배를 이용했으니 놀랄 만도 하다. 분명 괴짜 호사가라고 생각했을 게 틀림없다.

비행기로 쇼나이 공항에 도착한 우리는 S편집장이 운전하는 렌터카를 타고 숙소로 향했다. 숙소는 겔렌데 바로 옆이라고 했다.

쇼나이 공항에서 갓산까지는 차로 약 1시간 걸린다. 단 고속도로를 맹 스피드로 내달리고 내친 김에 일반도로도 마구 내달릴 필요가 있다. 아니, 속도를 줄이려야 줄일 수가 없는 것이다.

야마가타 운전자들은 왜 그렇게 미친 듯이 달리는 건가. 홋카이도 운전자들도 그랬지만, 이동거리가 긴 지역의 주민들은 아무래도 속도광이 되는지도 모른다. S편집장은 이따금 차를 갓길에 붙이고 후행 차를 먼저 보냈는데, 실제로 그게 현명한 선택이다.

표고가 높아진 것을 실감할 무렵, 저 멀리 산맥에 흰빛이 얹혀 있는 게 보였다. 우리는 저절로 와아아 하고 목소리를 높였다.

"진짜 아직도 눈이 있어! 거짓말이 아니었어!"

"그럼요, 거짓말이면 큰일이죠. 근데 갓산은 어떤 산이에요?"

"펴, 편집장님, 앞을 보고 운전하셔야죠."

저마다 와왁 떠드는 사이에 차는 좁은 산길을 타고 올라갔다. 시즈온천만 지나고 나면 이제 조금만 더 가면 된다.

갓산 스키장이라는 간판 앞에서 길을 꺾어들었을 때, 우리는 깜짝 놀랐다. 노상주차장에 차들이 빽빽이 서 있었다. 번호판을 보니 아오야마, 미야기 같은 도호쿠 지역뿐만 아니라 나라시노, 다마 쪽 차까지 있었다. 역시 전국의 스키어와 스노보더가 몰려드는 모양이다. 그나저나 치바현, 도쿄 등지에서 여기까지 직접 차를 몰고 오다니, 그 열의가 놀랍다.

스키장 산장에 도착하자마자 옷을 갈아입었는데 과연 어떤 차림새가 적합할지 잠시 망설였다. 스노웨어를 챙겨오긴 했지만 날씨는 아무리 봐도 여름이다. 산장 안에서 밖의 행인들을 살펴보니 티셔츠가 압도적으로 많았다. 하지만 그 사람들은 대부분 스키어고, 넘어질 위험이 큰 스노보더는 같은 티셔츠라도 긴소매를 입은 것 같았다.

S편집장은 긴소매 셔츠로 하겠다고 했다. T여사는 트레이너다. 그녀는 스노웨어 자체를 가져오지 않았다.

고민 끝에 나는 반소매 셔츠를 입기로 했다. 그보다 긴소매라고는 한 장도 가져오지 않았다. 하지만 스노웨어 없이는 어쩐지 불안해서 허리에 둘둘 감고 나갔다. 니트 모자는 역시 더워서 캡 모자를 썼다. 돌아보니 T여사도 똑같은 모자다. 나이 지긋한(이 표현에 T여사는 펄쩍 뛸 것이다) 커플 같아서 상당히 겸연쩍었다.

S편집장은 겨울 니트 모자를 둘러쓴 채 툴툴거리고 있었다.

"이거, 너무 더운데. 날씨를 깜빡 생각 못하고 모자는 가져오지도 않았는데……."

그가 생각하지 못한 것은 모자뿐만이 아니었다. 목욕탕에서 밝혀진 일이지만, 산장이라고 미리 얘기했는데도 타월이며 세면 도구를 일절 가져오지 않았다. 작가와의 여행은 호화판, 이라고 딱 믿고서 방심했던 것이다. S편집장, 그래서는 안 되지 않겠나, 엉?

준비가 속속 갖춰지고, 드디어 출발이다. 산장에서 겔렌데까지는 도보로 5분이라고 들었다. 아닌 게 아니라 숙소를 나서자

바로 앞에 눈이 있었다. 뽀드득뽀드득 밟히는 감촉이 반가웠다. 4월 후반의 봄 스키보다 훨씬 설질이 좋아서 깜짝 놀랐다.

하지만 기분 좋은 것은 처음뿐이고 다들 말수가 부쩍 줄어버렸다. 눈 쌓인 경사면을 아무리 걸어가도 리프트 승차장이 나오지 않는 것이다. 겔렌데까지 도보 5분, 거기에 리프트 승차장까지 20분, 이라고 처음부터 알려줬더라면 좋았을 것이다.

드디어 승차장에 도착했을 무렵에는 세 사람 모두 숨이 턱에 닿을 지경이었다. 주스를 마시고 일단 휴식. 반소매 티셔츠는 이미 땀에 흠뻑 젖어버렸다.

나중에야 알았지만 이 일대는 천연보호구역으로 지정된 곳이라 리프트나 로프웨이를 함부로 지을 수 없다고 한다. 조금 힘은 들지만 이건 어쩔 수 없다. 이 시기에 눈밭을 달릴 수 있다는 것만으로도 행복한 일이다.

한바탕 쉬고 우리는 드디어 리프트를 타기로 했다. 승차장 주변에는 눈이 없어서 스키어도 스노보더도 보드 판을 껴안고 타야 한다. 리프트 의자에 판을 세워놓는 작은 받침이 있었다. 그런 리프트는 처음이라 자칫 판을 떨어뜨릴까 불안했다. 몇 번 오르내리는 사이에 그 불안감은 사라졌지만, 그게 괜한 걱정이 아니었다는 것은 그다음 날 알게 되었다.

리프트 위에서 내다보는 겔렌데는 온통 새하얀 빛깔이었다.

바위가 드러난 곳이 꽤 많을 거라고 걱정했었지만, 살펴보니 그런 곳도 없는 것 같았다. 이게 정말 6월의 풍경인가, 하고 내 눈을 의심했다.

하지만 기쁜 일만 있었던 것은 아니다. 겔렌데의 대부분을 차지하는 거대한 경사면이 온통 울퉁불퉁한 혹 덩어리였다. 이런 혹 덩어리는 스노보더에게는 천적이다. 아, 그래서 손님 대부분이 스키어구나, 라고 납득했다.

리프트에서 내렸지만 그곳에도 눈은 없었다. 휴게소 주변은 스키장이라기보다 여름 캠프장 같은 광경이다. 실제로 바비큐를 즐기는 그룹이 있어서 놀랐다. 물을 끓여 컵라면을 먹는 사람도 있었다.

거기서 눈밭까지는 다시 보드 판을 껴안고 한참 올라가야 한다. 마흔 중반의 나이에는 힘든 등산이었지만 주위를 둘러보니 나보다 더 나이 많은 사람들도 적지 않았다. 참으로 대단하십니다.

이윽고 도착한 곳은 경사면의 중턱이다. 더 위쪽을 목표로 하는 사람은 다시 한참 올라가서 'T바 리프트'라는 것을 타게 된다. 그런데 이 T바 리프트라는 게 만만치 않다. T자형 기구를 허벅지 사이에 끼우고 로프에 몸을 기댄 채 바닥을 타면서 올라가는 구조다. 스키어는 그래도 괜찮겠지만, 옆으로 타는 스노보더는 어떻게 하는지 계속 지켜봤다. 하지만 죄다 스키어들뿐이었다. 잠시 기다렸더니 마침내 과감하게 도전하는 스노보더가 나타났다. 악전고투 끝에 그는 위로 올라갔지만 T바를 허벅지 사이에 끼우지 못해 팔 힘으로만 몸을 버티는 모양새였다.

"히가시노 씨도 T바에 한 번 도전해보시면 좋을 것 같은데요."

T여사가 빙글빙글 웃으며 말했지만 도저히 안 될 것 같다. 게다가 다시 리프트 승차장까지 올라가는 것도 힘에 부쳐서 이번에는 사양하기로 했다. 애초에 그 T바 리프트가 데려다주는 거리가 그리 길지도 않다.

그래서 우리는 스노보더를 위한 코스로 가기로 했던 것인데 이곳 역시 수월하지 않았다. 경사도는 괜찮은데 정지(整地) 작업이 허술해서 여기저기 울퉁불퉁하다. 게다가 거리가 꽤 멀다. 한 차례 타고 났더니 벌써 허벅지가 뻣뻣하고 숨이 헉헉거렸다.

두 차례 타고 나면 충분히 휴식을 취한다는 유연한 페이스를 몇 번 거듭한 뒤, 모처럼 온 김에 대형 봉우리 경사면에 도전해보기로 했다. 봉우리 경사면을 제패하는 것은 스노보드를 시작한 이래로 나의 과제였다. 지금까지 연습해온 것을 마음껏 발휘해보자고 단단히 마음을 먹었다.

하지만 갓산의 봉우리는 만만치 않았다. 보드를 달리고 달려도 봉우리가 끝이 없다. 봉우리 앤드 봉우리, 전후좌우 사방팔방 종횡무진의 봉우리에 하반신이 뻣뻣해져서 보드를 타는 것인지

묘한 광경이다. 초원과 눈밭이 공존하는 곳을 묵묵히 올라간다. 이곳을 찾는 이들은
일종의 중독자들이다.

굴러가는 것인지 알 수 없는 상태로 골인했다. 연습의 성과가 전혀 없었다는 슬픈 현실만 눈앞에 가로놓였다.

봉우리 도전으로 우리는 마지막 남은 체력까지 고갈되어 그날은 그쯤에서 철수하기로 했다.

그리고 다음 날은 나름대로 학습효과를 발휘할 수 있었다. 우선 눈길을 올라갈 때 최대한 체력을 소모하지 않게 천천히 걸었다. 그리고 리프트 권은 일일권이 아니라 회수권을 구입했다. 우리의 체력을 감안하면 그걸로 충분하다는 것이 전날의 경험으로 밝혀졌기 때문이다.

하지만 바꾼 회수권이 이상한 곳에서 문제를 일으켰다. 리프트를 탔을 때 회수권을 호주머니에 넣으려고 잠깐 손을 뗀 순간, 보드 판이 후르르 아래로 떨어진 것이다.

리프트에서 장갑이나 고글을 떨어뜨린 사람은 아마 많을 것이다. 하지만 보드 판을 떨어뜨린 사람은 거의 없지 않을까.

다행히 아래쪽에 사람은 없었다. 하지만 눈밭이 아니라 풀밭이 펼쳐진 곳이다. 보드 판은 바닥에 부딪혀 콰당 하는 요란한 소리를 내며 풀덤불에 착지했다. 그것을 봤을 때의 느낌은,

'아, 보드 판이 꽤 튼튼한 것이구나.'

라는 것이었다. 하지만 다음 순간, 당황했다. 멋지게 착지한 보드 판이 이번에는 슬슬 미끄러지기 시작한 것이다.

'오, 풀 위에서도 미끄러지는구나.'

라니, 지금 그런 태평한 생각을 할 때가 아니잖아. 역시나 크게 당황했다.

이윽고 보드 판은 뭔가에 부딪혀 멈춰 섰지만, 문제는 그걸 어떻게 주워오느냐는 것이었다. 리프트 담당자와 상의한 끝에 S편집장이 내려가서 가져오기로 했다.

보드 판을 기다리는 동안, 피크닉 장소로 변한 산장휴게소 주변을 산책했다. 갓산 신사라는 간판을 발견하고, 그곳이 다들 얘기하는 신성한 장소라는 것을 처음 알았다. 도쿄에 돌아온 뒤, 교고쿠 나쓰히코*에게 갓산에 다녀왔다고 말했더니,

"오호, 그 영산(靈山)에? 참배하러 갔어요?"

라고 했다. 민속학에 해박한 사람에게는 스키장보다 그런 쪽으로 유명한 모양이다.

S편집장의 수고로 무사히 보드 판을 되찾은 나는 낭비한 시간을 만회하려고 연거푸 타고 또 탔다. 이상하게도 막상 익숙해지고 보니 고도의 경사면에서도 그리 지치지 않았다. 하지만 S편집장은 역시나 기운이 빠졌는지 점점 휴식시간이 길어졌다. 하지만 리프트에서 동승한 젊은 여자들과 신나게 담소했다는 것을 나와 T여사는 알고 있다. 경험 풍부하신 선수였구나, 선수.

*1963년~. 추리소설 작가. 요괴 연구가. 광고 디자이너. 오컬트와 민속학이 담긴 독특한 작품으로 알려져 있다. 오사와 오피스 소속. 《도불의 연회》《망량의 상자》《우부메의 여름》등 작품 다수

그렇게 철 지난 스노보드를 만끽한 우리는 숙소로 돌아오자 테라스에서 맥주를 마시기 시작했다. 테라스에 테이블이 있고 파라솔까지 꽂혀 있었다.

티셔츠 차림으로 맥주를 마시고 쨍쨍한 햇살을 받으며 눈 덮인 겔렌데를 바라본다. 이런 꿈결 같은 즐거움이 있구나, 내년에도 또 오고 싶다, 라고 생각했다.

"아니, 난 이걸로 충분해요. 다시 올 생각 없습니다."

S편집장이 말했다. 에이, 그런 소리 하지 말고.

2003년 6월

컬링, 재미있지만 방심은 안 돼!

이번에는 좀 이상한 제목이다. 그 이유는 이 글을 읽다 보면 아시게 될 것이다.

여전히 히가시노와 T여사와 S편집장은 스노보드 시즌 오프 때의 놀이거리를 찾고 있었다. 의논한 결과, 이번에는 맹점을 찌른다는 의미에서 컬링에 도전해보기로 했다. 맹점을 찌른다, 라는 건 겨울스포츠 시즌 오프 기간에 다른 겨울스포츠에 도전하는 의외성을 말하는 것이다.

마침맞게 진구(神宮) 스케이트장에서 컬링교실을 개설한다는 정보가 날아들어 거기에 참가하기로 했다.

아시는 분도 많겠지만, 컬링은 얼음판 위에서 대전(對戰)을 펼치는 형식의 스포츠다. 핸들이 달린 납작한 원형 스톤을 두 팀이 번갈아 던져서 표적에 넣고 그 득점을 겨룬다. 현재 컬링이 가장 활발한 나라는 캐나다라고 한다. 하지만 올림픽 정식종목으로 채택되면서 미국과 유럽에서도 점차 인기가 높아지고 있다. 십년쯤 전에 캐나다 친구 집에 놀러갔을 때, 부인이 "컬링이 올림픽 종목이 될 모양이에요. 그래서 나도 좀 배워볼까 생각중이에요.

국내에는 컬링을 하는 사람이 거의 없을 테니까 유리하겠죠?"라는 얘기를 했었다. 그냥 우스갯소리라고 생각했었지만 그때 실제로 컬링을 배웠다면 그녀는 지금쯤 선수가 되었을지도 모른다.

컬링은 운동능력과 함께 지적 전략이 요구되는 스포츠라는 점에서 '빙상(氷上)의 체스'라고 불리기도 한다. 규칙을 알아두면 아주 재미있다. 동계올림픽을 관전하는 재미가 배가 된다는 건 틀림이 없다.

그렇지만 세세한 규칙에 대해 여기서 설명해도 별 소용이 없다. 우리는 아직 게임을 할 만한 수준도 아니고 완전한 아마추어이기 때문이다. 사실 이번에 T여사에게 슬쩍 알아보라고 했는데, "초보자가 즉시 게임에 참가하는 건 불가능하다. 최소한 두세 번은 레슨을 받은 뒤에나 게임을 할 수 있다"라는 게 컬링교실 주최자 측의 답변이었다고 한다. 아무래도 보기보다 훨씬 더 어려운 스포츠인 모양이다.

실은 컬링에 도전하는 건 처음이 아니다. 예전에 다른 잡지에서도 '동계올림픽 종목에 도전한다'는 기획이 있어서 터덜터덜 나갔던 적이 있다. 그때 나한테 떨어진 스포츠가 컬링이었다. 하지만 단순히 사진만 찍는 행사여서 본격적으로 배운 건 아니었다. 그게 아마도 나가노 올림픽 전이었으니까 벌써 6년 전의 얘기다. 뭔가 몹시 미진했던 그때의 경험에서 나는 '컬링은 별로 어려울 게 없다'라는 인상을 받았다. 그래서 T여사와 S편집장에게 겁도 없이 "스노보드에 비하면 별거 아냐"라고 말했던 것이다.

7월 어느 날, 이른 새벽에 우리는 진구 스케이트장으로 갔다. 도착한 것은 오전 7시였다. 아직 문도 열지 않은 게 아닐까 생각했지만 주차장에는 차들이, 더구나 고급 외제차들이 줄줄이 서 있었다. 안에 들어가자 벌써 한쪽을 임대해 연습하는 그룹이 있었다. 피겨 스케이팅 그룹인데 어린 소녀들이 실로 화려하고도 대담하게 얼음판을 타고 있었다. 링크 옆에서는 엄마들이 기대를 가득 담은 눈빛으로 응시하고 있다. 아, 고급 외제차는 저 사람들 것이구나, 하고 납득했다.

코치들 속에 그 유명한 사노 미노루가 있는 것을 발견하고 더욱더 놀랐다. 두말할 것도 없이 남자 피겨 스케이팅을 국제적 수준까지 끌어올린 중심인물이다. 그러고 보니 예전에 내 아내였던 여자도 학창시절에 피겨 스케이팅 선수여서 사노 미노루의 지도를 받았다고 했다. 그때의 사진을 보여주기도 했었다. 그로부터 벌써 20여 년이 흘렀다. '빙상의 귀공자'의 옛 자취는 이제 상당히 흐릿해져 있었다.

묘한 감상에 젖어 있는 동안 컬링 수업이 시작되었다. 우선 스포츠 상해보험에 가입한다. 얼음판 위는 항상 위험이 도사리고 있어서 당연히 필요하다. 그리고 이 수속이 잠시 뒤에는 중요한 의미를 갖게 된다는 것을 그때는 꿈에도 생각하지 못했다.

그날의 초보자는 우리를 포함해 열 명 정도였다. 안경 쓴 사람이 많은 것은 단순한 우연인가. 빙상의 체스라고 할 정도니까 수재 타입의 인물들이 도전하고 싶은 스포츠인지도 모른다. 나중에 들어보니, 실제로 도쿄대 출신이 꽤 많다고 한다. 하지만 머리를 쓰기 전에 우선 몸을 써야 해서 그 단계에 미리 좌절하는 사람이 압도적으로 많다는 얘기였다.

스트레칭을 충분히 한 다음, 드디어 빙상에 선다. 그 전에 두 가지 도구를 건네주었다. 하나는 '브룸'이라고 하는 브러시. 컬링이라고 하면 이 브룸으로 얼음판을 쓱싹쓱싹 닦는 모습을 떠올리는 사람이 많을 것이다. 그리고 또 한 가지는 신발 바닥에 붙이는 슬리퍼 같은 것이다. 이것을 붙이면 신발이 잘 미끄러지게 된다. 축이 되는 한쪽 발에만 붙이고, 잘 쓰는 발에는 붙이지 않는다. 얼음판 위를 이동할 때, 잘 쓰는 발을 뒤로 박차면서 축이 되는 발로 스르륵 타고 가는 것이다. 글로 쓰면 간단한 동작 같지만 막상 해보면 여간 어려운 게 아니다. 스케이트가 오히려 더 쉽게 느껴질 정도다. 일단 얼음판에 서 있는 것만으로도 몸이 불안정한 것이다.

"저어, 히가시노 씨, 저는 링크 밖에서 촬영에 전념하면 안 될까요?"

위험을 감지했는지 T여사가 머뭇머뭇 말했다. 이제 와서 꽁무

니를 빼겠다는 것이냐고 나무라는 건 이 상황에서는 좀 가혹한 일인가. 게다가 콰당 넘어졌다가는 틀림없이 카메라가 망가질 것이다. 뭐, 그러시죠, 라고 선선히 승낙해주었다.

다음은 스톤을 던지는 연습인데, 그 전에 마스터해야 할 것이 있다. 몸을 앞 방향으로 기울이면서 타고 가는 감각을 익히는 것이다. 구체적으로 말하면, 육상의 스타트 자세처럼 잘 쓰는 발로 뒤쪽의 벽을 딛고 그 태세를 유지한 채 앞을 향해 미끄러져간다. 두 손을 얼음판에 짚은 채로는 나아가기 힘들기 때문에 브룸을 가로로 돌려 자루에 양손을 짚는 자세를 취한다.

이 또한 간단한 것처럼 보이지만 상당히 어려운 동작이다. 지금까지 얼음이나 눈 위를 미끄러지는 스포츠를 다양하게 체험해왔지만 스키도 그렇고 스노보드도 그렇고, 달리는 동안에는 서 있게 된다. 네 발을 짚는 것은 넘어진 다음이다. 하지만 컬링은 처음부터 네 발을 짚는 자세로 미끄러져 가는 것이다. 전혀 낯선 감각이어서 그것만으로도 당황스러웠다.

이 네 발 짚고 타기에서 뜻밖의 재능을 발휘한 것이 S편집장이다. 다들 악전고투하는 가운데 혼자서 스르륵 타고 나갔다. 코치 선생님도 폼이 완벽하다고 칭찬해주었다. 사람이란 이것저것 도전하다 보면 자신에게 잘 맞는 것을 찾아내게 된다는 것을 새삼 인식했다.

네 발 짚고 타기를 철저히 연습하면 그다음에는 드디어 스톤을 던지는 연습이다. 앉은 상태에서 스톤에 가볍게 회전을 주면서 릴리스*한다. 회전을 주어야 스톤의 방향이 더 안정되고 얼음 표면의 상태에 영향을 덜 받는다. 컬링이라는 경기 명칭은 '스톤을 컬(curl)시킨다', 즉 가볍게 회전시킨다는 데서 나왔다고 한다.

부드럽게 회전시키는 감각을 익혔다면 그다음에는 본격적으로 던지는 연습이다. 브룸을 겨드랑이에 끼고 스톤의 핸들을 잡은 다음에 균형과 리듬에 주의해가며 강하게 도약판을 찬다. 우선 조금 전 철저히 연습한 네 발 짚고 타기의 요령이다. 하지만 크게 달라지는 건 여기서부터다. 온몸으로 타고 나아갔다가 곧바로 스톤만 앞 방향으로 밀어준다. 스톤을 놓아주는 순간 네 발 짚기가 하나 줄어서 이른바 세 발 짚기가 된다. 대부분 여기서 균형을 잃고 자칫하면 넘어진다.

"스톤에 체중을 실어야 하지만, 그렇다고 몸의 균형을 스톤에 기대서는 안 됩니다. 이게 좀 어려운 부분이죠."

코치의 설명을 통해서도 이 부분이 첫 번째 난관이라는 것을 알 수 있다.

조금 전까지는 우등생이었던 S편집장도 스톤을 던지자마자 얼음판에 배를 깔고 엎어져버렸다. 주위를 살펴보니 스톤을 던

*스톤에서 정확히 손을 뗄 수 있게 조절하는 동작.

진 뒤에 자세가 무너지지 않은 사람은 거의 없었다. 나도 도전해 봤지만 역시 스톤을 놓자마다 균형을 잃고 말았다. 흐음, 어렵다, 어려워. "별거 아냐"라고 했었지만 전혀 그렇지 않다.

그래도 자꾸 하다 보니, 얼마나 정확한지는 모르지만 스톤을 던진 뒤에도 비틀거리지 않고 폴로 스루*를 하듯이 계속 스르륵 타고 가는 컬링 특유의 스타일을 만들 수 있었다. 이 단계까지만 가면 부쩍 재미있어진다.

"컬링도 꽤 괜찮은데?"

"그러게요. 이 묘한 감각, 한번 맛들이면 멈출 수 없는 느낌이에요."

S편집장도 동감인 모양이었다.

아직 게임을 시작하지도 않았는데 벌써 이렇게 재미있으니 본격적으로 게임에 빠져들면 정말 헤어나기 어려울 것 같다.

스톤 던지는 법을 어느 정도 마스터하자 이번에는 브루밍 연습에 들어갔다. 브루밍이란 스톤 진행 방향의 얼음판을 쓱싹쓱싹 닦아주는 바로 그 동작이다. 이 브루밍으로 스톤의 속도나 코스를 조정할 수 있다.

브룸을 대고 일렬로 서서 쓱싹쓱싹 닦는다. 딱히 어려울 건 없다. 마루판을 브러시로 청소하는 요령으로 닦아주면 된다. 이건 좀 코믹한 광경이구나, 라고 나 자신에게 농담을 던지기도 했다.

---

*야구, 테니스, 골프 등에서 타구의 효과를 더욱 올리기 위해 공을 치거나 던진 뒤에도 동작을 계속 진행하는 것.

실로 멋진 폼이라고 칭찬을 받았는데…… 그 뒤에 악몽이 찾아왔다

하지만 이런 부주의가 화를 부른다. 스포츠에서 절대로 해서는 안 될 일이다. 잠깐 긴장이 풀린 순간, 발바닥이 쭉 미끄러졌다. 아차, 했을 때는 이미 얼음판이 코앞에 있었다.

큰일 났다, 라고 생각했다. 이대로 떨어지면 부상이다. 주위에 크게 폐를 끼칠 텐데. 여기서 다쳤다가는 분명 피를 보게 될 텐데. 아, 큰일 났다.

이상한 얘기지만, 그런 순간에는 모든 것이 슬로모션이 된다. 다음 순간에 큰 부상을 입게 될 나 자신을 지극히 객관적으로 관찰하는 것이다.

털썩. 우드득.

불길한 소리라고 생각한 다음 순간, 나는 얼음판 위에 널브러져 있었다.

그다음에 있었던 일은 미주알고주알 얘기해봤자 별 재미도 없겠지만, 일단 컬링 수업이 그 시점에 끝나버렸기 때문에 그 뒤의 자초지종을 잠깐 정리해두기로 한다.

결론부터 말하자면, 나는 구급차에 실려 게이오기주쿠 대학병원에 실려갔다. 구급차를 타본 것은 처음이어서 좀 기뻤다. 웬만해서는 다시없을 기회라는 생각에 눈을 살짝 뜨고 구급차 내부의 모습을 샅샅이 체크했다.

머리를 다쳤기 때문에 병원에서는 우선 뇌에 손상이 없는지 철저히 검사해주었다. 그것이 끝나자 이번에는 뢴트겐이다.

"목뼈는 별 문제 없습니다."

의사 선생님에게서 뢴트겐의 결과를 듣고 일단 마음이 놓였다.

"다만 이마의 부상이 꽤 깊어서 지금 즉시 봉합수술을 할 겁니다. 코가 찢어져서 그것도 꿰맬 수 있고요. 그다음은 구강외과에서 앞니의 치료에 들어갑니다. 앞니, 부러졌더라고요. 그리고 그다음은 이비인후과에서 코를 진찰합니다. 코뼈 골절이라서."

이럴 수가! 온갖 부상의 퍼레이드다. 하지만 뇌 손상의 걱정을 덜었기 때문인지 의사와 간호사들은 비교적 태연한 표정이었다.

"히가시노 씨라면, 그 작가 분이십니까?" 구급의료 담당 선생님이 물었다.

"네, 그렇습니다."

"컬링을 하시다가 다쳤다고 들었는데, 왜 작가 분이 컬링을?"

"뭐, 얘기하자면 길어지지만, 한마디로 취재예요."

"와아, 다양한 것을 취재해야 하는군요."

"예에······."

"그밖에는 어떤 것을?"

"스노보드를······."

"스노보드요? 그런 것까지 취재하다니, 작가 일도 참 힘드시 겠네요."

아뇨, 그냥 제가 하고 싶어서 하는 겁니다, 라고 설명하는 것도 번거로워서 "예, 뭐, 그렇죠"라고 대답해두었다.

이마의 봉합과 얼굴 치료를 마치고 치과 진료를 기다리는데 컬링교실의 선생님들이 병문안을 오셨다. 지도 방법에 문제가 있었다고 사과하시는 바람에 미안해서 어쩔 줄을 몰랐다.

"아뇨, 아뇨, 내가 괜히 건방을 떨다가 넘어졌어요. 네네, 너무 신경 쓰지 마시고요."

앞니가 부러져 말을 하기도 힘들었지만, 컬링교실 탓으로 돌릴 생각 따위는 털끝만큼도 없다는 것을 필사적으로 주장했다.

이건 분명하게 짚고 넘어가야 하는데 컬링 자체는 결코 위험한 스포츠가 아니다. 지적이고 스릴 넘치고 재미있는 스포츠다. 위험한 것은 얼음판 위라는 사실을 잊고 방심하는 것이다. 그리고 방심해도 위험하지 않은 스포츠라는 건 어디에도 없다.

구급차로 실려온 지 4시간 만에 나는 S편집장의 부축을 받으며 병원을 나왔다. 이마와 코에는 큼직한 반창고가 붙었고 앞니는 접착제로 고정되었다.

글을 쓰면서 부상을 언급하지 않을 수는 없다. 하지만 컬링의 이미지가 떨어지는 일이 있어서는 안 된다. 그렇다면 부상이 회복

되는 대로 다시 컬링에 도전하는 게 가장 좋은 방법이 아닐까…….

택시 안에서 그런 생각들을 했다.

하지만 T여사와 S편집장은 반대할지도 모르겠네.

2003년 7월

소소하게 시작하자

앞선 글에서는 뜻하지 않은 부상으로 막을 내린 컬링 이야기를 했다. 그로부터 한 달이 지나 그럭저럭 얼굴 상처도 차츰 눈에 띄지 않게 되었다. 앞니도 딱 붙었다. 코뼈가 어떻게 됐는지는 아직 수수께끼지만, 이제는 완전 복귀라고 해도 좋을 것이다.

하지만 더 이상 무모한 도전은 안 된다. 구강외과 의사 선생님도 다음에 또 다치면 앞니는 원래대로 고쳐지지 않는다고 단단히 못을 박았다. 이 판국에 설마 하프파이프에 도전, 이라든가 하는 제안은 안 하겠지, 라고 생각했다.

그런데 T여사에게서 참으로 비정하다고 할 만한 재촉 전화가 걸려왔다.

"아, 저기, 이제 좀 상당히 회복되신 것 같은데요, 다음에는 어떤 것에 도전해보실까요?"

휴직이라는 아이디어는 아예 없는 모양이다.

어쨌든 이번 달은 도전 없음! 하지만 전혀 운동을 안 한 것은 아니다. 부상당한 일주일 뒤부터 평소와 똑같이 몸을 움직였다. 한마디로, 피트니스센터에 다닌 것이다.

근처 피트니스센터의 회원이 된 것은 1999년이다. 그로부터 벌써 4년이 흘렀는가. 이 정도면 제법 오래 다닌 거 아닐까. 다만 매일같이 꼬박꼬박 다닌 것은 아니다. 평균을 내자면 일주일에 2회의 페이스일 것이다. 스노보드를 시작한 뒤로 겨울철은 일주일에 1회가 되어버렸다. 스노보드는 역시 힘에 부치기 때문이다.

피트니스센터에 다니기 시작한 가장 큰 이유는 살을 빼기 위한 것이었다. 당시에는 몸무게가 80킬로그램에 육박했다. 체지방률도 25퍼센트를 웃돌았다. 아직은 괜찮다고 느긋하게 생각했는데 중년 비만은 확실하게, 그리고 은밀하게 바로 발밑까지 와 있었다. 그것도 나 스스로 깨달은 게 아니라 어머니의 지적을 받고서야 눈이 번쩍 뜨였다.

"너는 한참 못 본 사이에 아주 뚱뚱해졌구나. 팔뚝이 투실투실한 게 영락없이 흰 돼지 같아."

이렇게 가차 없이 말할 수 있는 사람은 어머니밖에 없을 것이다. 그런 만큼 더욱더 농담이나 과장으로 흘려들을 수 없었다. 정말로 흰 돼지에 근접했다는 위기감이 느껴졌다.

그것뿐만이 아니다. 히로스에 료코 씨 주연으로 영화 〈비밀〉이 제작되던 시기였다. 나도 홍보에 보탬이 될까 하고 이런저런 잡지의 인터뷰에 응했다. 당연히 사진 촬영도 있었다. 그런데 그 사진을 본 친구들에게서 "그나저나 너, 살 좀 쪘더라"라는 말이 들어왔다. 이건 안 되겠다, 뚱보가 된 것을 더 이상 감출 수가 없다, 하고 초조해졌다.

그렇게 피트니스센터에 다니게 되었다. 강사와 상담을 하고 즉각 셰이프업*을 위한 메뉴가 작성되었지만, 그 참에 실시한 체력측정에서도 나를 파르르 떨게 하는 사실이 밝혀졌다. 체력이 엄청나게 떨어진 것이다. 특히 심폐기능의 저하에는 내 눈을 가리고 싶었다.

초등학생 때 수영교실에 다닌 이래로 나는 끊임없이 스포츠를 해왔다. 중학교, 고등학교, 대학교 때도 운동부로 활동했고 회사에 다닐 때도 동료들과 스포츠 동아리를 만들어 배드민턴이며 탁구 등을 즐겼다. 하지만 작가가 되어 도쿄에 올라온 지 십여 년, 골프를 몇 번 한 것 말고는 스포츠라고 이름 붙인 것은 제대로 해본 적이 없다. 내 방식대로 웨이트 트레이닝 비슷한 것은 했지만 심폐기능을 높이는 운동은 전혀 없었다고 해도 무방하다.

"그런 사람이 오히려 더 힘들어요." 강사는 말했다. "머리로는 아직 내 몸이 잘 움직인다고 착각합니다. 하지만 실제로는 생각만큼 움직이지 않아요. 그 갭이 자칫 중대한 사고로 이어질 수 있어요. 아이들 운동회에 참가한 왕년의 스포츠맨 아빠가 넘어

*shape up. 건강 증진이나 미용을 위해 운동, 칼로리 조정 등으로 체형을 다듬는 것.

지는 건 그런 이유 때문이에요."

그뿐만이 아니다, 라고 강사는 말을 이었다.

"근육이 줄어든 만큼 당연히 대사기능도 떨어지겠죠. 근데 본인은 그걸 깨닫지 못한 채 근육이 있었을 때와 똑같이 먹으니까 연소되지 못한 만큼 지방이 쌓여갑니다. 체형은 젊은 시절과 비슷한데 근육이 지방으로 변해버렸다, 라는 게 이런 케이스예요. 이걸 방치하면 비만이 되죠."

바로 내 경우가 그런 것이다. 식은땀이 온몸에서 쏟아졌다.

그리하여 피트니스센터에 다니기 시작한 것인데, 솔직히 말해 아주 고통스럽다. 무엇이 고통스러운가 하면 아무튼 너무 단조롭고 재미없다. 특히 에어로 바이크, 워킹 머신 등의 유산소 운동은 시간이 오래 걸리는 만큼 금세 지겨워진다. 힘든데다 따분하기까지 하면 아무래도 점점 시들해지는 게 당연하다.

게다가 눈에 띄게 효과라도 있다면 좋겠는데 1주일이나 2주일쯤 계속해봤자 전혀 몸무게가 떨어지지 않는다. 오히려 조금 불어날 정도다. 이건 좀 이상하지 않으냐고 강사에게 항의해보았다.

"무슨 텔레비전 기획 코너도 아니고, 그렇게 급격한 효과가 나타나진 않아요. 오히려 급격히 체중이 떨어지면 금세 되돌아오는 요요현상을 낳을 뿐이죠. 지금의 메뉴를 계속해주세요. 틀림없이 몸무게가 줄어듭니다."

아주 자신 있게 말하는 것이었다. 그러면 얼마나 계속하면 되느냐고 물어보았다.

"우선 한 달 동안은 아무것도 달라지지 않아요. 말씀하신 대로 몸무게는 오히려 조금 불어나죠. 그건 근육이 붙기 때문이에요. 그 근육에 의해 지방을 태우는 것이죠. 눈에 띄게 효과가 나타나는 건 빨라야 3개월 뒤예요."

사사사, 삼 개월? 그렇게 오랜 동안 이 단조로운 운동을 계속해야 한단 말인가.

그러자 강사는 냉철한 얼굴로 이렇게 말했다.

"효과가 나타나기 시작하는 게 3개월이에요. 선생님이 목표로 하는 몸무게 10킬로그램 감량은 최소 1년은 걸립니다. 그 뒤에도 몸무게를 유지하려면 계속 운동을 해야 돼요. 이제 끝, 이라는 건 없어요."

이럴 수가! 일단 발을 들이밀면 다시는 되돌아갈 수 없다는 것인가. 되돌아가면 그때는 다시 뚱보가 된다는 것인가.

"뭐, 말하자면 그렇습니다만, 한마디로 운동량을 확보하면 되니까 다른 스포츠를 열심히 하신다면 그것도 괜찮아요." 강사의 친절한 해설이었다.

근데 다른 스포츠를 할 전망이 없기 때문에 여기로 온 거 아닌가.

"그러면 에어로빅은 어떨까요? 그건 꽤 재미있는데." 강사가 빙긋이 웃었다.

에어로빅? 내가? 그야 에어로빅을 하는 중년 남성도 있다. 꽤 재미있어 보인다. 에어로빅에 도전하면 틀림없이 이 연재의 소재거리도 한두 개쯤 얻을 수 있을 것이다. 하지만, 하지만, 따분한 것과 창피한 것 중 어느 쪽을 선택하겠느냐고 묻는다면······.

별수 없다, 우선 3개월만 열심히 해보자, 하고 트레이닝 머신으로 향했던 것이다.

그렇게 계속하다 보니 실제로 3개월째부터 몸무게가 줄기 시작해서 깜짝 놀랐다. 인간의 몸이 이토록 단순하다고 할까, 조작 가능한 것이리라고는 생각하지 못했다.

효과가 나기 시작하면 의욕도 높아지게 마련이라서 피트니스센터가 그리 싫지 않게 된다. 애써 효과를 보기 시작했는데 여기서 중단하면 지금까지의 고생이 물거품이 된다는 생각에 더욱 열심히 나가는 것이다.

주위에서 피트니스센터에 그렇게 지속적으로 다니는 비결이 뭐냐고 자주 묻는다. 그만큼 좌절한 사람이 많다는 얘기일 것이다. 비결인지 어떤지는 모르겠지만, 아마도 내 경우에는 피트니스센터에 대한 인식이 남달랐던 게 아닌가 싶다.

나는 피트니스센터를 운동하는 장소라고 생각하지 않는다. 일종의 병원이라고 생각한다. 비만이라는 질병을 치료하기 위해, 혹은 생활 습관병을 예방하기 위해 다니는 것이다.

아무리 가기 싫어도 이가 안 좋은 사람은 치과에 간다. 꼬박꼬박 간다. 그것과 마찬가지다.

피트니스센터 관계자가 이런 말을 들으면 불쾌해할지도 모른다. 아무리 그래도 치과와 비교하는 건 너무한 거 아니냐고 할 것이다. 그야 뭐, 치과보다는 좀 더 즐거운 곳이다. 하지만 그건 젊은 여성의 레오타드 모습을 볼 수 있다든가 수영복 차림을 볼 수 있다든가 하는 것 때문이 아니다. 4년 동안을 다녔지만 눈에 보양이 되는 그런 혜택은 받아본 적이 없다. 단 한 번도 없다. 특히 내가 가는 낮 시간대에는 대부분 아주머니들이다. 할머니도 있다. 눈의 보양을 기대해봤자 소용없다.

그러면 뭐가 재미있는가. 이건 내 경우에 국한된 일인지도 모르지만 피트니스센터에 다니는 사람들의 모습을 관찰하는 게 재미있는 것이다. 아, 참으로 다양한 사람들이 있구나, 라고 실감하곤 한다.

앞서 말했듯이 나는 주로 머신 트레이닝을 한다. 내 목적은 셰이프업이지만, 남자들 중에는 근육질이 되고 싶어 찾아오는 사람도 많다. 그런 사람들은 덤벨이나 바벨을 이용한 무산소운동을 주로 한다. 그것도 나름대로 괜찮지만, 재미있는 것은 그들이 예외 없이 자신의 몸을 홀린 듯 바라본다는 것이다. 맞춤형이라고 할까, 피트니스센터 측도 그걸 간파했는지 벽이 온통 거울이다. 여기저기서 아마추어 보디빌더가 자신의 폼을 그윽이 바라보는 그림은 내 상상력을 자극한다.

"흐흐흐, 상완이두근이 꽤 두툼해졌군."

"어때, 이 근육? 여자들이 이거 보면 한 방에 넘어가겠지."

"엇, 저 친구는 복근이 왕(王) 자가 다 됐네. 나와 비교하면 어느 쪽이 더 멋있을까."

"저 사람은 덤벨을 몇 킬로그램짜리를 쓰는 거야. 12킬로그램? 좋아, 나는 13킬로그램으로 간다."

실제로 그런 생각을 하는지 어떤지는 모르지만, 적어도 내게는 그런 식으로 보인다.

한편 아무리 봐도 운동이 서툰데 묘하게 열심히 하는 사람이 이따금 눈에 띈다. 대부분 이제 막 회원이 된 사람들이다. 군살을 빼보려는 것인지 여름에 대비해 근육질로 변신하려는 것인지는 모르겠으나 아무튼 뭔가 강한 동기가 있었을 것이다. 그 목표를 한시바삐 달성하려고 첫날부터 전력을 다해 뛴다.

언젠가 계속해서 복근 머신에만 집중하는 젊은이가 있었다. 그의 머릿속에는 아마 다음과 같은 생각이 있었을 것이다.

"복근, 복근, 복근이 중요해. 배를 잡으려면 복근을 연마해야

지. 복근이 탄탄해지면 일단 폼이 난다. 복근을 빨리 연마하자. 철저히 연마하자. 왕 자로 갈라진 복근을 만드는 거야. 복근이 생명, 복근이 모든 것, 복근에 내 인생이 걸렸어!"

이건 단언할 수 있는데, 이런 부류의 사람은 오래 가지 못한다. 다음 날에는 엄습하는 근육통과 피로의 더블펀치를 맞고 피트니스센터에 갈 마음이 싹 가시기 때문이다. 그때 그 젊은이는 아마 다음 날에는 웃는 것도 힘들었을 게 틀림없다.

텐션을 지나치게 높이면 그 반동도 크다. 결국 이런저런 이유를 달아 땡땡이를 치게 되고 슬그머니 탈퇴하는 게 일반적인 패턴이다. 그 복근 청년의 모습도 어느샌가 보이지 않았다.

지나치게 열심히 하지 않도록 한다.

이것도 피트니스센터에 오래 다니기 위한 철칙인지도 모른다.

그밖에, 피트니스센터에는 참으로 다양한 사람들이 찾아온다. 얼굴 붓기라도 빼려고 사우나에만 들렀다가 가는 호스티스, 탄탄한 몸매가 자랑이지만 명백히 숙취에 시달리는 호스트, 한여름인데도 긴소매 셔츠로 열심히 뛰는 험상궂은 얼굴의 형씨, 친구와 수다를 떠는 것이 주목적인 듯한 아주머니 등등, 재미있는 캐릭터 총출동이다.

그런데 걱정스러운 것은 그들의 눈에 나는 어떻게 비치는가, 라는 것이다.

평일 대낮에 나와서 CD 워크맨을 들어가며 묵묵히 머신 트레이닝을 하는 중년 남자. 항상 땀을 줄줄 흘려서 사용한 머신까지 온통 땀범벅이다. 다른 사람을 자꾸 흘끔흘끔 쳐다보면서 뭔가 중얼중얼하고 있다…….

벼, 별로겠네, 상당히.

2003년 8월

한신 타이거스 우승에 대해
내가 생각하는 것

1985년의, 아마 7월 2일이었을 것이다. 나는 고단샤 응접실에서 기자회견에 임하고 있었다. 그 전날 에도가와 란포상을 발표했는데 내 소설 《방과 후》가 이 상을 탔기 때문이다.

형식적인 질문이 몇 가지 이어진 뒤, 기자 한 명이 내게 물었다.

"그런데 히가시노 씨는 야구를 좋아하십니까?"

이런 질문을 한 이유는 그 전년도에 후보작에 올랐던 《마구(魔球)》가 야구를 다룬 소설이었기 때문이다.

좋아한다고 대답하자 그 기자는 기다렸다는 듯이 응원하는 구단이 어디냐고 물었다. 아무래도 내 출신지가 오사카라는 점에 주목한 모양이다. 나는 그 기대에 부응해 "한신 타이거스입니다"라고 씩씩하게 말했다. 그러자 주위에 있던 다른 기자들과 고단샤 사람들 사이에서 웃음이 일었다.

잘 아시다시피 그 해에는 한신 타이거스가 우승을 했다. 단 그 시점에는 아직 페넌트 레이스*가 한창 진행 중이던 때였다. 예년

---

*pennant race. 우승을 목표로 여러 번 게임을 치루며 승률을 쌓아가는 장기 리그전. 페넌트는 우승기를 뜻하며 페넌트 레이스는 이 우승기가 걸린 대회를 말한다.

에 없이 좋은 성적을 올린 한신 타이거스에 전국 야구팬의 시선이 쏠리고 있었다. 질문을 한 기자도 에도가와 란포상은 일단 제쳐두고 한신 팬이 어떤 마음으로 하루하루를 보내는지, 관심이 컸던 모양이다.

"올해는 어떻게 될까요?" 기자는 싱글벙글 웃으면서 다시금 물었다.

틀림없이 우승할 겁니다, 라고 말했다면 그의 의도에 맞는 대답이었을 것이다. 새 수상자를 소개하는 기사에 '한신 타이거스의 일시적 진격에 들떠있는 팬 중의 한 사람'이라는 멋진 문장을 써넣고 싶었는지도 모른다. 하지만 나는 그렇게는 말할 수 없었다. 생각 끝에 이렇게 답했다.

"이 상을 타는 것이 나한테는 생애 최고의 기적이라서 올해는 또 다른 기적은 없을 것 같아요. 더 이상 바란다면 지나친 욕심이겠지요."

기자는 예상이 빗나갔다는 듯 애매한 웃음과 함께 고개를 끄덕였다. 한신 타이거스 팬이 냉정(冷靜)한 것은 뭔가 재미가 없다, 라고 말하고 싶은 눈치였다.

물론 내내 냉정했던 것은 아니고 우승이 코앞에 다가오자 주위 사람들과 똑같이 흥분했다. 우승이 정해졌을 때는 머릿속이 하얘졌다.

하지만 성적이 잠깐 오른 것 정도로는 펄쩍 뛰며 좋아하지 않는다. 9회 말 투아웃까지 이겼을 때도 혹시나 역전당하지 않을까 조마조마하고, 연승 행진을 할 때도 이러다 한 번 무너지면 기나긴 연패가 시작되지 않을까 두려워했다. 다른 건 어찌됐든 한신 타이거스에 대해서만은 도무지 긍정적인 사고를 할 수 없다. 그리고 이건 오랜 세월 한신 타이거스 팬으로 살아온 사람에게는 어느 정도 공통된 성향이 아닐까.

왜냐하면 한신 타이거스는 팬을 실망시키는 것에서는 타의 추종을 불허할 만큼 한심한 구단이기 때문이다.

내가 한신 팬이 된 것은 아마 초등학교 5학년 때쯤부터였을 것이다. 그때 한신에 에나쓰가 나타나면서 다부라와 둘이 '황금의 배터리'라고 불렸다. 하지만 딱히 그들을 좋아했던 것은 아니다. 오히려 오만한 얼굴로 위세를 떨치는 도쿄를, 즉 자이언츠를 우리 오사카를 대표해 납작하게 눌러줬으면 하는, 이른바 안티자이언츠의 심정에서 한신 타이거스를 응원했다.

원래부터 자이언츠를 눌러주기를 바랐을 뿐 한신 타이거스의 우승을 생각한 적은 한 번도 없었다.

그 무렵, 자이언츠는 한창 V9 시대를 구가하던 때였다. 해마다 이기는 것은 자이언츠였다. 일본 시리즈에서도 헹가래는 맡아 놓고 자이언츠의 가와카미 데쓰하루였다. 야구에 처음 관심을 가졌을 때부터 계속 그런 장면만 보게 되니까 무의식중에 내 안에 한 가지 고정관념이 생겨났다.

"우승은 자이언츠. 그건 이미 정해져 있다. 그래서 승률 따위를 계산해봤자 쓸데없다. 눈앞의 경기를 즐기기만 하면 된다."

당시 일본 총리는 사토 에이사쿠였다. 내가 철들 무렵부터 계속 사토 에이사쿠였다. 그래서 총리는 바뀌지 않는 것인 줄 알았다. 나중에 다나카 가쿠에이로 바뀌었을 때는 정말로 깜짝 놀랐다. 하지만 이렇게도 생각했다.

"총리가 바뀌는 일은 있어도 센트럴리그의 우승팀이 바뀌는 일은 없을 것이다."

그랬던 만큼 주니치 드래건스가 자이언츠의 V9 시대를 종언시켰을 때는 깜짝 놀랐다. 있을 수 없는 일이 일어났다고 생각했다. 그 뒤에도 믿어지지 않는 일이 이어졌다. 자이언츠가 최하위로 밀려나기도 하고, 만년 B클래스이던 히로시마와 야쿠르트가 우승을 하기도 했던 것이다.

그렇게 되자 역시 내 의식에도 변화가 일어났다. 히로시마와 야쿠르트도 해냈으니 우리 한신 타이거즈에도 기적이 일어날지 모른다, 라는 꿈을 꾸게 되는 건 당연한 일이다.

하지만 그 꿈이 시드는 데는 그리 오랜 시간이 필요치 않았다. 한신 타이거즈는 이기지 못했다. 일시적으로 좋은 성적을 올려도 길게 가지 못하고 금세 바닥으로 떨어졌다. 화젯거리라고는 스토브 리그*와 구단의 집안싸움뿐이었다.

회사에 막 취직했을 때의 일이니까 아마 1982, 83년쯤이었을 텐데 라디오 프로그램 중에 〈감사합니다, 하마무라 줍입니다〉라는 게 있었다. 당시 차를 운전할 때마다 그 방송을 자주 듣곤 했다. 그 안에 청취자가 응모한 정형시(定型詩)를 읽어주는 코너가 있었다. 〈눈물〉을 주제로 내걸었을 때였는데 이런 시가 뽑혔다.

"호랑이 우승, 한다면 나도 눈물 흘리리라"

그 시를 들으며 나도 모르게 끄응 신음했다. 한신 타이거스 팬의 심정을 그대로 표현한 것이었기 때문이다. 이 시에는 한신 타이거스의 우승을 간절히 바라면서도 이제 더 이상 실현되지 않는 꿈이라고 체념하는 심정이 담겨 있다. 그래, 어찌 안 울고 배기겠소, 라고 운전하면서 나 혼자 중얼거렸다.

그런 약한 구단을 용케도 오랜 세월 응원해오셨네요, 라는 말을 들은 적이 있다. 이런 경우의 '약하다'는 것은 우승의 전망이 없다, 라는 뜻일 것이다. 내가 좋아하는 구단이 우승 경쟁을 펼치는 모습에 열광하는 것이 팬의 즐거움, 이라는 전제에서 그런 의문이 나온 것이라고 생각한다. 하지만 그 무렵 나는 한신 타이거스를 응원할 때, 우승 경쟁 같은 단어는 머릿속에 없었다. 그

*프로야구 시즌 오프 중에 팬들이 선수의 계약 갱신이나 이적에 대한 동향 등을 토론하는 것을 말한다. 난롯가에서 야구 얘기로 이야기꽃을 피운다는 데서 나온 말.

저 지금 눈앞에서 펼쳐지는 경기가 모든 것이었다. 이 경기에서 이기면 순위야 어찌됐건 "잘 싸웠다, 장하다"라고 생각할 수 있었다. 행복해질 수 있었다.

그런 만큼 1985년 한신 타이거즈의 우승은 그야말로 꿈같은 일이었다. 랜디 배스, 가케후, 오카다, 마유미 등의 타격은 도저히 현실이라고 믿어지지 않을 만큼 대단했다.

한신 타이거즈도 우승을 하는구나…….

그것이 가장 솔직한 느낌이었다. 절대 있을 수 없다고 생각했던 일이 일어난 것이다.

하지만 이 우승으로 내 안에 한 가지 변화가 일어났다. 지금까지 대 전제로 삼아왔던, 우승을 의식하지 않고 응원한다, 라는 것이 어려워졌다.

처음부터 아무것도 없는 것보다 손에 쥔 것을 잃는 게 훨씬 더 괴로운 것이 사람 마음이다. 우승이라는 달콤한 즙을 맛본 뒤에 다시 마셔야 하는 만년 최하위의 밍밍한 물맛은 너무도 씁쓸했다.

그 무렵은 내게도 시련의 시기였다. 책은 안 팔리고, 문학상 후보에 올라도 번번이 낙선했다.

어느 날 나는 문득 생각하는 바가 있어 경쟁자 세 팀을 설정했다. 그들이 목표를 달성하는 것과 내가 상을 타는 것, 어느 쪽이 먼저가 될지 나 혼자 겨뤄보기로 한 것이다. 아래에 적은 세 팀이다.

- 기요하라 가즈히로* (목표: 타이틀을 딴다)
- 그렉 노먼** (목표: 마스터스 우승)
- 한신 타이거스 (목표: 우승)

기요하라 가즈히로는 1985년의 드래프트로 세이부에 입단하고 그다음 해 신인왕 타이틀을 획득했다. 모두가 이제 곧 타격왕 타이틀도 딸 것이라고 했지만, 아직 헤매고 있다. 그렉 노먼은 1986년 마스터스에서 수위에 올랐으나 잭 니클라우스에게 극적인 역전패를 당했다. 그리고 굳이 말할 것도 없이 한신 타이거스는 1985년 이후 우승 경쟁조차 제대로 해보지 못했다.

솔직히 말하면 처음부터 기요하라와 노먼에게는 이길 수 없을 거라고 생각했다. 하지만 한신 타이거스만은 이길 거라고 예상했다. 내가 문학상을 못 타도 한신 타이거스 역시 우승할 일이 없을 테니 이건 영원히 결판이 나지 않는 승부인 셈이다.

---

*1967~. 일본의 전직 프로 야구선수. 스포츠해설가. 세이부 라이온스 구단에 입단하여 90년대에 팀의 전성기를 이끌었다.
**1955~. 미국 프로 골퍼. 1997년 NEC 월드시리즈오브골프에서 우승했으며 타이거 우즈 등장 전에는 세계 1위의 골퍼였다.

이 경쟁은 1999년에 끝이 났다. 내가 일본 추리작가협회상을 탄 것이다. 기요하라와 노먼이 그렇게 잘 안 풀릴 줄은 꿈에도 생각하지 못했다(그들은 아직도 여전히 안 풀리고 있다).

그리고 이건 예상했던 그대로인데, 한신 타이거스는 변함없이 하위에서 헤매고 있다. 1992년에 딱 한 번, 두근두근 설레게 해줬지만 우승 경쟁에 뛰어든 것은 그때뿐이었다. 아무튼 한신 타이거스는 약체로 돌변하는 게 참으로 빠른 것이다.

1985년에 우승 감독을 데려와도 안 되고, ID야구의 노무라 감독을 초빙해와도 안 되고, 그렇게 연속 4년 동안 꼴찌를 기록했을 때는 아닌 게 아니라 어이가 없었다.

그렇게 안 된다, 안 된다, 라는 상태가 길게 이어지면서 점차 내 안에서 1985년에 맛본 달콤한 꿀맛이 옅어져간 것도 사실이다. 한신 타이거스는 원래 우승을 못한다, 라는 불문율이 다시 생겨난 것이다.

2002년에는 자이언츠가 매직넘버 1번인 상태에서 타이거스와 자이언츠의 경기가 펼쳐졌다. 다른 경기에서 2위 팀이 패했기 때문에 자이언츠의 우승은 이미 정해졌지만, 그 경기에서는 타이거스가 굿바이 홈런으로 승리했다. 그러자 관중석의 한신 타이거스 팬은 환호작약하면서 '롯코오로시*'를 열창했다. 다른

---

*한신 타이거스 구단가(球團歌). '롯코 오로시'란 고베와 오사카의 상징인 롯코산에 부는 바람이라는 뜻이다.

팀 팬들에게는 이해할 수 없는 행동으로 보였을 것이다. 하지만 나는 안다. 그들에게는 한신 타이거스의 순위 따위, 의미가 없다. 따라서 어느 쪽이 우승하건 그런 건 상관없다. 다만 눈앞의 경기에서 한신 타이거스 선수가 열심히 뛰어주기만 하면 된다. 해마다 한신 타이거스의 7월 이후는 그저 소화(消化) 게임*일 뿐이었다. 소화 시합을 즐기는 데 도가 텄다, 라는 것이 계속해서 한신 팬으로 남을 수 있는 조건이었다.

그런데 거기에 호시노 센이치라는 인물이 나타났다.

그는 한신 타이거스를 완전히 다른 팀으로 바꿔버렸다. 18년 동안 아무도 하지 못했던 몹쓸 호랑이의 피를 일소하는 작업을 해치우고 전투력 강한 팀으로 다시 일으켜 세웠다. 개막전에서 패했으면서도 그 뒤 곧바로 연승했다. 자이언츠에게 6점 차를 따라잡히면서도 끝까지 버텨서 무승부로 이끌어가고, 이어진 두 경기에서 연승했다. 모두 지금까지의 한신 타이거스는 결코 하지 못하던 마법이었다.

나는 한신 타이거스의 승리를 기뻐하면서도 어쩐지 당혹스러웠다. 이게 정말 한신인가, 혹시 한신이라는 이름의 다른 팀 아닌가, 라는 느낌까지 들었다.

---

*리그전에서 전 일정 종료 전에 우승 팀의 순위가 확정되어버린 이후의 잔여 경기를 말한다.

그런 나의 당혹스러움 따위 아랑곳할 것 없이 한신 타이거스는 연승가도를 달렸다. 이기고 이기고 또 이겼다. 7월에 매직넘버*가 나오다니, 그런 일을 어느 누가 예상이나 했을까.

8월이 시작되기 전에 나는 우승을 확신했다. 그간 저축해둔게 40점이나 되고, 2위에서 5위까지는 다닥다닥 붙은 상태에서 서로 점수를 까먹고 있었기 때문이다. 한신 타이거스가 앞으로 계속 패하더라도 매직넘버는 자동적으로 줄어든다고 예상했다. 결과는 예상한 그대로였다. 죽음의 로드에서 고전을 했는데도 착실히 카운트다운은 이루어졌다.

말하자면 8월 이후는 소화 게임이었다. 원래는 자이언츠와의 경기를 보러갈 계획이었지만, 그냥 취소했다. 소화 게임을 즐기는 데는 도가 텄는데도 어쩐지 "에이, 굳이 야구장까지 갈 것도 없어"라는 기분이 들었던 것이다.

그리고 9월 15일, 한신 타이거스는 우승이 결정되었다. 그 장면을 나는 자이언츠와 주니치의 경기를 관전하는 틈틈이 보고 있었다.

호시노 감독과 선수들이 환호하는 모습을 확인한 뒤, 다시 채널을 자이언츠와 주니치의 경기 쪽으로 돌리는 식이다. 자이언츠는 대패하고 있었다. 게다가 기나긴 연패 중이었다.

---

*1위를 달리는 팀이 다른 팀의 경기 결과와 상관없이 우승을 확정할 수 있는 최소 승리 횟수. 1위 팀이 1승을 하거나 2위 팀이 1패를 기록할 때마다 1점씩 차감된다.

그것을 본 순간, 이번 시즌 내내 품고 있었던 위화감의 정체를 깨달았다.

올해의 한신 타이거스에는 무너뜨려야 할 상대가 없었던 것이다.

내가 한신 타이거스를 응원할 때, 그 시선의 끝에는 항상 자이 언츠가 있었다. 오사카 사람인 나에게 자이언츠는 도쿄였고, 한낱 개인인 나에게 자이언츠는 거대 조직이었다.

하지만 올해의 자이언츠는 한신 타이거스에게 그리 큰 장벽이 아니었다. 아마 제1전에서부터 그 벽은 무너졌을 것이다. 그때 6점 차를 따라잡은 것이 올해의 자이언츠의 전력(全力)이었는지도 모른다. 그것만 있는 힘을 다해 버텨내면 그다음은 단지 넘어뜨리는 것뿐이다.

올해의 한신 타이거스는 참된 의미에서는, 싸우지 않았다. 그저 무인(無人)의 들판을 내달렸을 뿐이다.

18년만의 우승은 분명 기쁜 일이다. 하지만 내가 정말로 원했던 것과는 조금 달랐다.

내년에는 분명 자이언츠도 되살아날 게 틀림없다. 얄미울 만큼 강해진 자이언츠를 넘어뜨리고 페넌트를 이겨냈을 때, 그때 비로소 진심으로 기뻐할 수 있을 것이다.

하지만 만일 이대로 한신 타이거스의 황금시대가 도래한다면 어떻게 될까. 앞으로 몇 년이고 연달아 우승을 거머쥔다면 과연 한신 타이거스를 계속 응원할 수 있을까. 왜냐하면 거기에는 '강자를 무너뜨리는 약자'로서의 한신 타이거스의 모습은 없기 때문이다.

하긴 이건 쓸데없는 걱정이다. 오히려 이만큼 달콤한 즙을 맛본 뒤에 다시 그 쓰디쓴 맹물을 마셔야 하는 건 아닌가, 하고 걱정하는 것이 더 현실적이다.

물론 그럴 경우, 마음의 준비는 되어 있다.

2003년 9월

영화 〈호숫가 살인사건〉을 관람했습니다

졸저 《호숫가 살인사건》의 영화화가 정식으로 결정된 것은 2003년 초의 일이다. 그 전에도 영화화를 검토 중이라는 얘기가 후지 텔레비전 방송국 쪽에서 들려왔지만, 실현될 거라고 기대하지는 않았다. 왜냐하면 그 조금 전에 《게임의 이름은 유괴》(영화 제목은 〈g@me〉)의 영화화가 결정되었기 때문에 연달아서 이런 일이 성사될 것이라고는 생각되지 않았던 것이다.

감독은 《유레카》 등의 대표작으로 잘 알려진 실력파 아오야마 신지 씨. 그가 메가폰을 잡는다는 소식을 듣고 후지 텔레비전에서 꽤 힘을 실어주는구나, 하고 기대감이 커져갔다. 이어서 주인공 캐스팅 소식을 듣고 우리는 다시 한 번 뛸 듯이 기뻐했다. 무려 야쿠쇼 고지* 씨라는 것이다. 이 시점에서는 아직 다른 배역이 정해지지 않았지만 일단 야쿠쇼 고지 씨가 출연하고 아오야마 신지 씨가 감독을 맡는다면 단숨에 《호숫가 살인사건》의 급이 달라진다. 게다가, 라고 말하면 실례가 되겠지만, 지휘를 맡은 사람은 아오야마 감독과 오랜 세월 콤비로 활동한 센토 다케

---

*1956~. 일본의 유명 남자배우. 뛰어난 연기력으로 일본의 국민배우라 일컬어진다.

노리 프로듀서다. 뭐, 더 말할 나위가 없다.

내 소설이 영화화되는 것은 기쁜 일이다. 책이 잘 팔리는 것을 기대할 수 있다는 점도 있지만, 그 이상으로 내 소설이 영상화되면 과연 어떻게 나올지 궁금하다, 라는 단순한 생각 때문이다. 나는 소설을 쓸 때 머릿속에서 일단 영상을 떠올린 다음에 문장으로 옮긴다. 이번에는 그 문장이 영상으로 되돌아가는 셈인데 과연 다른 크리에이터에 맡기면 어떤 식으로 변화되어 나올지 그것을 순수하게 알고 싶은 것이다.

영화화가 결정되었다는 소식을 듣고, 이 연재 글에서 이제 익숙한 등장인물이 된 S편집장과 T여사도 크게 기뻐했다. 두 사람 다, 담당한 작품이 영화화되는 것은 처음이라고 했다.

아직 눈이 남아있는 시기여서 셋이서 스노보드를 타러 가는 일이 많았지만, 가고 오는 차 안에서는 역시 영화화에 대한 화제가 대부분이었다. 야쿠쇼 씨 이외의 배역도 하나둘 정해지고 있었는데 아직 미정의 배역에 대해 우리끼리 이런저런 상상을 해보면서 신바람이 났다.

"그 역할은 ○○씨가 어떨까요?"

"아니, 그 배우는 좀 그렇잖아? 이미지가 다르다고. 나는 ××씨가 좋을 것 같아."

"그쪽은 너무 모범생 이미지죠. 나는 ○○씨가 더 좋아요. 마침 이미지 체인지가 필요한 시기인 것 같던데."

그야말로 아마추어 세 사람이 마치 프로듀서라도 된 것처럼 찧고 까불었다.

촬영은 5월에 접어들자마자 시작되었다. 장소는 가와구치 호수였다. 호숫가에 실제 별장을 짓고 대부분의 장면을 거기서 찍는다는 얘기가 들려왔다. 이 소식에는 깜짝 놀라버렸지만,

"다양한 방법을 검토했어요. 기존의 별장을 몇 채 임대해 장면에 따라 나눠 쓸까, 아니면 스튜디오에 세트를 만들까. 근데 결국 이 방법이 가장 쉽고 빠르다는 결론이 나왔죠. 비용 면에서도 의외로 경제적이거든요."

라는 것이 후지 텔레비전 프로듀서의 이야기다. 나는 잘은 모르지만, 그렇기도 하겠다고 생각했다. 예전에 《비밀》이라는 작품을 영화화했을 때는 스튜디오 안에 집을 지었지만, 그렇다고 규모가 결코 작지 않았다.

아무튼 촬영 현장을 견학하러 가기로 얘기가 되었다. 그때는 물론 모든 캐스팅이 끝난 상태였다. 야쿠시마루 히로코 씨, 도요카와 에쓰시 씨 등, 대 배우들의 이름이 줄줄이 이어져서 우리는 그야말로 붕붕 들떠 있었다. 기왕 견학하는 거, 되도록 많은 배우들을 만나고 싶은 것이 인지상정. 후지 텔레비전에 그런 희망 사항을 전하고 견학 날짜를 세팅해달라고 했다.

5월 어느 날, 우리는 가와구치 호수로 향했다. S편집장과 T여사도 완전히 광팬 분위기였다.

가와구치호 인터체인지로 내려와 한참 달렸다. 숲속의 작은 길을 건너가자 그 끝에 별장이 서 있었다. 그 모습을 보자마자 우리는 감탄했다. 그야말로 진짜 집, 게다가 상당히 호화판 별장이었다.

《호숫가 살인사건》은 밀실 미스터리다. 아이의 입시공부 합숙을 위해 호숫가 별장에 모인 네 쌍의 부부가 갑작스럽게 일어난 살인사건에 우왕좌왕한다는 이야기다.

눈앞의 별장을 보고 내가 처음 느낀 것은,

"나는 이런 호화스러운 별장을 생각했던 것은 아닌데……."

라는 위화감이었다.

센토 프로듀서가 우리를 맞아주었다.

"굉장한 별장인데요." 나는 맨 먼저 그렇게 말했다.

"예에, 굉장하지요. 문제는 촬영 끝나고 이 별장을 어떻게 하느냐는 건데요. 자재를 제대로 써서 지었으니까 이대로 옮겨 짓는 것도 얼마든지 가능하거든요. 히가시노 씨, 이 집 좀 매입하실랍니까?"

센토 씨는 오사카 사투리가 특징이다. 그 말투로 매입을 권하면 어쩐지 거절하기가 어려워지는 게 신기하다. 아, 그렇다고 내가 그 집을 매입한 것은 아니다.

비가 내려서 촬영 스케줄이 조금 변경되었다고 했다. 도요카와 에쓰시 씨의 장면이 밤 시간으로 연기되었다는 말을 듣고 T 여사는 실망한 기색이 역력했다. 하지만 모든 촬영이 별장 안에서 해결되기 때문에 비에 젖을 걱정이 없다는 건 다행이었다.

별장은 사람들로 북적거렸다. 대부분이 스태프다. 거실에서 촬영에 들어갈 예정인지 소파를 에워싸듯이 카메라와 조명의 위치가 정해져 있었다. 아오야마 감독이 의자에 앉아 스태프에게 이런저런 지시를 내렸다. 그 지시에 따라 수많은 스태프가 일사불란하게 움직였다. 보통 그 정도의 사람이 모이면 아무래도 소란스럽게 마련인데 촬영 현장은 신기할 만큼 고요했다. 공기가 팽팽히 당겨진 것이 느껴졌다.

우리는 촬영에 방해가 되지 않는 곳으로 이동했다. 대화도 소곤소곤 나눠야 한다. 굉장한 곳에 왔구나, 라고 생각했다.

이윽고 야쿠쇼 고지 씨와 에모토 아키라 씨가 나왔다. 두 사람이 거실에서 대화하는 장면인데 몹시 긴박한 분위기의 연기여서 "스타트!"라는 지시가 떨어질 때마다 우리는 바짝 긴장했다. 자칫 기침이라도 했다가는 스태프 전원의 눈총이 쏟아질 것 같았다. 본방에서 "오케이!" 사인이 떨어졌을 때는 내가 연기를 한 것도 아닌데 후우, 안도의 한숨이 흘러나왔다.

다음 장면의 촬영을 준비하는 막간을 이용해 언론사와 인터뷰를 하게 되었다. 나도 대기하고 있는데 어디선가 야쿠시마루 히로코 씨가 나타났다. 전혀 예상도 못했던 일이라 흠칫 놀랐다.

우리 세대는 야쿠시마루 씨라고 하면 단연 〈세일러복과 기관총*〉이라는 영화가 생각난다. 회사 선배 중에도 그녀의 열광팬이 있었다. 그 여주인공이 내 눈앞에 있다고 생각하니 그야말로 꿈을 꾸는 기분이다.

내가 잔뜩 긴장하고 있었더니 야쿠시마루 씨가 먼저 인사를 건네주었다.

"히가시노 작가님 얘기는 기타카타 겐조 씨에게서 자주 들었어요. 만나 뵐 수 있어서 영광입니다."

인사 차 해준 말이겠지만 그래도 흐뭇했다. 기타카타 아저씨가 나에 대해 어떤 말을 했을지, 그건 굳이 확인하지 않기로 했다.

이어서 야쿠쇼 고지 씨와, 이 영화로 데뷔하게 된 마노 유코 씨가 등장했다. 야쿠쇼 씨는 영화와 드라마에서 봤던 그대로 강한 존재감을 가진 인물이었다. 마노 씨는 굉장한 미인이다. 야쿠쇼 씨의 애인 역할인데 오디션을 통해 선발되었기 때문인지 당당한 자신감이 느껴졌다.

---

*아카가와 지로의 장편소설을 원작으로 한 영화. 1981년에 개봉했다. 야쿠시마루 히로코가 주연으로 나왔다.

긴장을 정말 많이 한 날이었습니다. (영화 〈호숫가 살인사건〉은 2005년에 개봉했다)

이윽고 인터뷰가 시작되었다. 야쿠쇼 씨에게 "원작자가 촬영 현장에 찾아오는 건 어떻습니까?"라는 질문이 날아왔다.

야쿠쇼 씨는 잠시 망설인 뒤에,

"솔직히 말해서 그리 달갑지는 않아요."

라고, 아마도 본심인 것으로 생각되는 대답을 했다.

"원작자를 실망시키는 건 아닌지, 이래저래 생각이 많아지니까요. 그래서 연기하기가 좀 힘든 건 있는 것 같아요."

그럴 거라고 옆에서 들으면서 생각했다. 내 쪽에서는 단순히 구경하는 것뿐이라고 생각하지만, 배우 입장에서는 원작자가 온다고 하면 뭔가 트집을 잡으려는 건 아닌가 하고 마음이 복잡해지는 것이다.

실은 영화 〈비밀〉과 〈g@me〉 때도,

"원작과 다른 부분이 몇 군데 있다던데 그것에 대해 원작자로서 어떻게 생각하십니까?"

라는 질문을 수없이 받았다. 나만의 느낌인지는 모르지만, 사람들은 그런 경우에 원작자가 틀림없이 불쾌해할 것이라는 선입견을 갖고 있는 것 같다.

다른 작가들은 어떤지 모르겠으나 나는 그런 건 일절 없다, 라고 이 자리를 빌려 단언해두고 싶다.

영화로 만드는 것을 허용한 이상, 나는 감독과 각본가, 나아가

배우를 전적으로 신뢰한다. 그들 모두가 좋은 영화를 만들어보려고 최선을 다할 것이기 때문이다. 일부러 재미없는 작품을 만들려고 하는 사람은 아무도 없다. 고민을 거듭한 끝에 가장 재미있게 재창조한 스토리가 원작과는 다른 모습으로 나오더라도 전혀 아무 문제없다. 오히려 그건 내가 바라는 바다. 그 스토리를 살려나갈 최선의 연출을 감독은 하려고 할 것이고 배우들은 거기에 부응하려 할 것이다.

그리고 그 새로운 창조를 보고 나는 다시 배워나갈 수 있다. 생각이 다른 부분은 물론 있을 것이다. 하지만 다르다고 해서 그것을 부정하는 것은 잘못이다. 내 생각이 항상 베스트라고는 할 수 없기 때문이다.

그런 얘기를 인터뷰에서도 역설했는데 기자는 뭔가 감이 잡히지 않는다는 표정이었다. 그래서 이런 식으로 말하는 작가가 역시 적은 모양이라고 새삼 생각했다.

너무 오래 머물면 방해가 될 것 같아서, 그리고 무엇보다 현장의 긴장감을 견딜 수 없어서, 인터뷰를 마치고 우리는 자리를 뜨기로 했다.

촬영은 한 달 남짓 계속되었다. 그다음에 편집 작업에 들어갔고, 마침내 영화가 완성된 것은 9월 중순이다. 스태프들만의 시사회를 한다고 해서 우리는 도쿄 고탄다의 〈IMAGICA〉에 갔다.

그래서 영화는 어땠는가 하면…….

공연히 궁금하게 하는 것 같지만 이 자리에서 자세한 얘기는 삼가는 게 좋겠다. 다만 한 가지 말할 수 있는 것은 프로를 신뢰한 것이 적중했다는 점이다. 일단 작품을 맡겼다면 일절 참견하지 않는다는 내 방침은 틀리지 않았다.

시사실을 나서자 신인 여배우 마노 유코 씨는 감격한 나머지 울고 있었다.

그러고 보니 영화 〈비밀〉의 시사회가 끝난 뒤에 히로스에 료코 씨도 눈물을 글썽였던가.

2003년 10월

준비완료,
눈은 언제나 내리려나?

2003년 여름은 쌀쌀한 날씨가 이어졌다. 그 바람에 해수욕장의 숙박시설이며 휴게소 등의 매출이 신통치 않았다는 소식이다. 실제로 나도 여름을 났다는 느낌이 들지 않는다. 해마다 갔던 바다에도 결국 가지 못하고, 영 재미가 없었다.

그런가 싶더니만 이번에는 겨울이 오지 않고 있다. 11월도 슬슬 끝나가는데 집 안에서는 반소매 티셔츠로도 충분할 만큼 날씨가 뜨듯하다. 며칠 전에는 택시를 탔더니 에어컨을 빵빵하게 틀어놓고 있었다.

뭔가 조짐이 좋지 않다고 생각하는 요즘이다. 눈이 내리지 않아 '아저씨 스노보더'를 재개하지 못하고 있는 것이다.

지난 시즌의 기록을 들여다보니 11월 초에는 니가타와 군마에 눈이 내렸고, 중순에는 벌써 단바라 스키파크에 가 있었다. 게다가 설질은 최고, 스키장 전체 활주 가능한 컨디션이었다. 그런데 그 단바라도 11월 내내 눈이 세 번밖에 내리지 않았다. 겔렌데답게 온통 새하얀 모습이 되려면 아직 한참 더 기다려야 할 것 같다.

다른 겔렌데도 상황이 좋지 않다. 2002년보다 오픈이 한 달 가까이 연기되는 건 거의 확실하다. 인공설 스키장도 고전을 면치 못해서 후지산 기슭의 '전국에서 가장 일찍 오픈하는 Yeti'는 높은 기온과 비 때문에 눈이 계속 없어지고 있다. 지난 시즌에 이 연재 글에서 얘기했던 가자와 스키장도 일단 오픈은 했으나 활주 가능 구역은 10퍼센트도 안 된다고 한다. 그때는 그야말로 폭설이 퍼부었는데.

마지막 희망은 사야마 실내스키장뿐이지만 지난 시즌에 겪은 일을 생각하면 선뜻 찾아갈 마음이 나지 않는다. 인공설은 셔벗 같고 리프트는 실외여서 덥고, 게다가 습도 높은 날에는 겔렌데 전체에 이상한 안개가 끼고…….

상황이 이렇게 되자 새삼 그리워지는 곳은 자우스였다. 죽은 자식 나이 헤아리기 같은 얘기가 되겠지만, 역시 그 거대한 실내 스키장의 폐쇄는 아쉽기 짝이 없다. 어쨌든 나의 스노보드 활주 이력의 대부분은 그곳에서 써내려갔으니까.

어떻게든 자우스가 부활해주지 않을까, 여름 무렵까지는 기대도 품었지만 그 꿈도 깨어졌다. 마침내 철거한다는 기사가 나온 것이다. 그리고 10월경부터 본격적인 철거 공사가 시작되었다. 그 자리에 아파트가 들어선다는 소식이다. 토지 매각으로 막대한 공사비도 마련할 수 있었다고 한다. 미쓰이 부동산, 한탕 잘 해치우셨네.

　인터넷으로 게시판을 봤더니 자우스 철거 모습을 처음부터 끝까지 카메라로 기록한 사이트가 있다는 것이었다. 즉각 클릭해봤는데 정말로 철거 첫날부터 거의 일주일 간격으로 촬영한 사진이 올라와 있었다. 정든 자우스가 조금씩 조금씩 해체되어 한낱 철골 덩어리로 변해가는 모습을 목도하고 참으로 가슴 아팠다. 반짝 단골(이상한 단어지만)이었던 나도 그런 감상에 젖을 정도인데 오랜 세월 드나들던 팬들은 얼마나 슬퍼할지 짐작하고도 남음이 있었다. "거품 경기가 다시 일어나 자우스보다 더 큰 실내 스키장이 들어서기를 기원하는 중"이라고 게시판에 댓글을 남긴 사람이 있었다. 거품처럼 꺼져버리는 경기는 더 이상 원치 않지만, 자우스 같은 시설이 들어설 만큼 경기가 좋아졌으면 하는 바람은 스키나 스노보드와는 무관하게 모두가 갖고 있을 것이다.

　다시금, 고마웠다 자우스, 그리고 안녕.

　아무튼 이렇게 눈이 내리지 않는다면 내리지 않을 때만 가능한 것을 해보자고 얘기가 되어서 눈 없는 겔렌데를 보러 가기로 했다. 무엇 때문에 그런 짓을 하는가. 물론 소설의 취재를 위해서다. 어떤 소설인지는 아직 정하지 않았다. 이런 취재가 도움이 될지 말지도 알지 못한다. 하지만 우선은 이 연재에 그 소재를 살려서 글을 쓰고 있다.

이제는 익숙한 등장인물인 T여사, S편집장과 함께 나에바로 향했다. 운전은 S편집장이다. 간에쓰 자동차도로를 타고 단숨에 북상했다. 스노보드 시즌 때와 완전히 똑같았다. 다른 점은 아무리 달려가도 저 멀리 설산이 보이지 않는다는 것이다. 그래도 스키장 간판만은 눈에 들어왔다. '11월 22일 오픈!'이라고 힘차게 써둔 간판도 옆에 있었다. 이 글을 쓰는 지금, 벌써 그 날짜도 지났는데 그 힘찬 간판은 어떻게 되었을까. 참고로 지난 시즌의 마지막 활주는, 일단 갓산을 제외한다면, 가구라 스키장이었다. 그 가구라 스키장도 22일 오픈 예정이다. 하지만 눈이 내리지 않아 그것도 취소된 상태였다.

쓰키요노 인터체인지에서 내려가 나에바 프린스호텔로 향했다.

"와아, 이 길을 이렇게 마음 편히 달려보는 건 처음이에요."

S편집장이 말했다. 그야 그럴 것이다. 도로는 눈이 전혀 없어서 보송보송하고, 당연한 일이지만 교통량도 매우 적다.

눈 깜빡할 사이에 목적지에 도착했다. 시즌 중에는 사람들로 북적거리던 나에바 스키장 주변은 마치 유령도시 같았다. 선물 가게와 스키 장비 대여점이 문을 닫는 것은 이해한다고 쳐도 레스토랑이며 찻집까지 대부분 폐점인 것에는 놀랐다. 길에 나온 사람이 없어서 가게를 열어도 별 의미가 없는 모양이다. 그래도 유일하게 라면집은 영업 중이었다. 지나치는 트럭 운전기사 등이 들렀다가 가는지도 모른다.

호텔에 체크인 수속을 하고 겔렌데 쪽으로 나갔다. 줄줄이 서 있던 스키 로커는 흔적도 없고 그 대신 그 자리에 탁구대가 놓여 있었다.

겔렌데 일부는 골프장으로 변모했다. 호텔에 와 있는 손님 대부분이 골프 손님이다. 하지만 우리의 정든 겔렌데는 골프 코스에 들어가지 않았다. 그건 그럴 거라고 생각했다. 코스 중간에 리프트나 곤돌라 철탑이 있어서 방해가 되는 것이다.

셋이 터벅터벅 걸어서 겔렌데를 올라갔다. 어쩐지 시즌 때보다 전체적으로 좁아진 듯한 느낌이 들어서 옆의 두 사람에게 물어보니 모두 똑같은 의견이었다. 일대가 새하얀 눈으로 뒤덮이면 원근감과 입체감이 달라져서 더 넓게 보이는지도 모른다.

우리를 악전고투하게 했던 봉우리 경사면도 그날은 그저 풀로 뒤덮인 비탈이었다. 한쪽에 억새가 빽빽이 자라난 구역은 미로 모양으로 잘라내 아이들의 놀이터로 꾸몄다. 애슬레틱 코스, 프리스비*를 사용하는 디스크 골프 코스, 미니 골프 코스 같은 것도 있었다. 아빠 엄마가 골프를 치는 동안 아이들이 심심하지 않

---

*플라스틱 재질의 가벼운 원반형 놀이 기구.

게 해주려는 배려일 것이다.

인공설 기계 몇 대가 한 줄로 서서 가동 중이었다. 각각 1미터 높이의 설산을 만들어냈다. 나에바도 22일 오픈을 공표한 바 있어서 그때에 맞추려는 것이다. 가까이 가서 만져보니 눈이라기보다 자잘한 얼음 같은 감촉이었다.

스키장으로 생계를 꾸려가는 주민들이 눈을 기다리는 심정은 우리 같은 사람들보다 훨씬 더 간절할 것이라고 충분히 짐작할 수 있었다.

그 후, 나에바 인공설 만들기는 순조롭게 진척되었는지 22일에 무사히 오픈했다. 다행이다, 정말 다행이다.

나에바 취재를 다녀온 며칠 뒤, 나의 스노보드 제자(라고 마음대로 정해져버렸다) K카와쇼텐의 E, A와 함께 간다 스포츠용품점에 갔다. 그들은 아직 스노보드 도구가 없어서 시즌이 시작되면 곧바로 타러 갈 수 있게 일찌감치 구입해두자고 한 것이다.

역시 스포츠용품점도 아직 사람들의 발길이 뜸했다. 하지만 뉴 모델의 장비며 옷들은 줄줄이 진열되어서 알록달록 울긋불긋한 모습이다.

A는 스노보드와 바인딩과 부츠의 3점 세트에 스노웨어까지 넣어서 어떻게든 10만 엔 이내로 구입하고 싶다고 했다. E는 바인딩과 부츠만 구입하고, 보드 판은 내가 쓰던 것을 물려받기로

했다.

내가 나간 목적은 부츠를 사는 것이었다. 실은 2003년에도 새 것을 구입했는데 결국 발에 맞지 않는다는 것이 판명되어 지난 시즌에는 내내 헌 부츠를 신었다. 이번에야말로 발에 꼭 맞는 것을 사고야 말겠다고 단단히 벼르고 있었다.

하지만 그런 부츠가 좀체 눈에 띄지 않았다. 발 사이즈에 맞추면 죄다 발등 부분이 헐렁했다.

E도 부츠를 고르는 데 어려움을 겪고 있었다. 그는 반대로 발등이 빡빡하게 조여서 아프다고 했다.

둘이서 서로의 발을 비교해보고 놀랐다. 발등의 높이가 전혀 다른 것이다. 나는 발등이 낮고 그는 높았다. 같은 인간인데도 상당히 다르구나, 하고 서로 마주보며 고개를 끄덕였다.

그래도 어쨌든 세 사람 모두 자신의 발에 맞는 부츠를 찾아냈다. E와 A가 고른 것은 살로몬의 뉴 모델이다. 가볍고 착용감이 뛰어나다고 한다.

"출퇴근 때 신어도 좋을 것 같은데요." E는 얼굴이 환해져서 말했다. 그럴 리가 있느냐고 했지만, 그만큼 마음에 들었다면 잘된 일이다.

E는 그렇게 잘 해결되었지만 A 쪽은 예산에 상한선이 있어서 어떻게든 자린고비 작전을 쓰는 수밖에 없었다. 그런데 내가 잠

깐 눈을 뗀 사이에 A는 점원이 권하는 대로 뉴 모델의 최고급 바인딩을 사버렸다. 게다가 보드 판도 점원이 고급 모델을 꺼내놓자 당장 구입할 기세였다. 남의 일이지만 당황스러웠다. 이런 식이어서는 눈 깜짝할 사이에 예산을 초과해버린다.

"A는 아직 초보 수준이잖아. 이 정도의 보드 판이면 충분해."

내가 급히 나서서 권한 것은 1만 엔 대의 물건이다. 대형 소매점 대상의 상품인지 똑같은 디자인의 보드 판이 주르륵 걸려 있었다. 그런데 그 보드 판이 A는 마음에 들지 않는 모양이었다.

"에이, 싸구려라는 게 너무 표가 나잖아요. 겔렌데에 똑같은 거 타는 사람이 득실득실할 것 같은데……."

"지금은 상품이 풍부한 시기라서 이런 식으로 줄줄이 세워놨지만 앞으로 한 달만 지나면 저런 고급품도 엄청 할인해서 판다니까? 아무튼 이 정도 선에서 결정하도록 해."

하지만 묘한 데서 자존심이 강한 A는 불만이 많은 기색이었다. 그러다가는 또 다시 점원의 감언이설에 넘어갈 것 같았다.

필사적으로 뜯어말려서 가까스로 저가의 보드 판(그래도 꽤 고급품이다)으로 타협을 봤지만, 그 시점에 벌써 9만 엔 가까이를 써버렸다. 원래 정한 예산대로라면 이제 남은 1만 엔 정도로 스노웨어 상의와 하의를 다 사야 한다. 이건 솔직히 말해서 불가능한 일이다.

결국 A는 스노웨어는 재킷만 구입하고 바지는 지난 시즌에 입었던 옷을 다시 주워 입기로 했다.

각자 새 도구를 손에 들고 식사를 하러 갔다.

"용품을 내 것으로 사고 보니 한시라도 빨리 타러 가고 싶네요." A의 말이다.

"그래, 그렇다니까. 자네도 이제야 어엿한 스노보더가 된 것 같네." 나도 격려했다.

우리의 마음은 이미 설산으로 날아가 있었다. 공상 속에서는 모두가 프로 스노보더였다.

하지만 그로부터 3주일이 지났는데도 애써 구입한 뉴 모델을 써볼 기회는 오지 않았다. 나는 아직도 티셔츠 차림으로 일하고 있다.

이런 눈 부족 사태, 대체 어떻게 해야 하나. 12월이 되면 조금쯤 상황이 좋아질까. 이 허접한 글이 게재될 때쯤에는 아저씨 스노보더가 멋지게 설원을 질주하고 있기를 빌어본다.

2003년 11월

집념의 첫 활주

눈이 내리지 않으면 '아저씨 스노보더'를 재개할 수 없다, 애써 새 부츠도 샀는데, 라는 얘기를 지난번 연재 글에 썼었다. 나아가 작년 시즌보다 한 달여나 각지의 겔렌데 오픈이 늦어질 것이라고 예상도 했었다.

그 예상은 적중했다. 아니, 예상보다 현실은 한층 더 심각하다. 이 글을 쓰고 있는 지금은 12월 중순이다. 그런데 아직도 대부분의 스키장이 오픈하지 못하고 있다. 적설량이 적네 마네 하는 수준의 얘기가 아니다. 아예 눈이 내리지 않고 있다. 어쩌다 조금 내려도 그다음에는 높은 기온과 비의 습격으로 모처럼 쌓인 눈마저 녹아버린다.

자우스가 사라진 뒤, 이제 국내 최대의 인공스키장이 된 사야마 스키장에서는 눈을 만들고 또 만들어도 금세 녹아버린다는 소식이다. 이런 일은 전례가 없다, 라고 조설(造雪) 담당 청년도 탄식했다고 한다.

이변은 홋카이도에서도 일어나고 있다. 예년 같으면 이 시기에는 적설량이 1미터를 웃돌아서 어떤 겔렌데도 백 퍼센트 활주

가능한 상태가 된다. 그런데 현재까지 전 코스 활주 가능한 곳은 삿포로 국제스키장을 비롯해 두어 군데밖에 없다. 그 삿포로 국제스키장도 적설량이 1미터가 채 안 된다고 한다.

홋카이도가 그런 상황이니 혼슈 쪽은 뭐, 말할 것도 없다. 날마다 인터넷으로 각지의 겔렌데 상황을 라이브 카메라로 관찰하고 있지만, 실망했다기보다 이제는 실소가 터지는 판이다. 약간 하얀 빛이 보이다가도 이삼 일 따뜻한 날이 이어지면 금세 땅바닥이 드러난다.

하지만 이런 현상은 일본만의 일이 아닌 모양이다. 12월 2일, 국제연합 환경계획과 취리히 대학 팀이 무서운 예측 결과를 발표했다. 그 발표에 의하면, 이대로 지구온난화가 지속된다면 앞으로 30년에서 50년 사이에 표고 1천5백 미터 이하의 스키장은 눈 부족 사태로 더 이상 경영을 할 수 없다는 것이다. 그렇게 되면 스위스와 이탈리아에서는 반절 이상의 스키장이 꼼짝없이 폐쇄될 수밖에 없다고 한다.

또한 일본 기상청에 의하면 앞으로 '난동(暖冬)'이라는 예측은 줄어들 전망이라고 한다. 난동이 줄어들면 좋은 거 아니냐고 안심할 일이 아니다. 난동이란 예년 겨울에 비해 기온이 높은 경우를 말하는 것인데, 요즘은 해마다 따뜻한 겨울이 이어지는 바람에 더 이상 그 용어를 쓰는 것이 적절하지 않다는 얘기인 것이다.

스키어와 스노보더에게는 달갑지 않은 소식들뿐이다. 하지만 연일 시무룩한 얼굴로 탄식만 해봤자 별 수도 없고, 어떻게든 첫 활주를 감행해보자고 작전을 짰다.

일단 오픈한 스키장은 있으니 그곳에 가는 게 가장 쉽고 빠르다. 하지만 천연설만 기다리는 스키장은 아무래도 미덥지 않다.

그래서 우리가 향한 곳은 인공스키장 Yeti였다. 완만한 경사면이 1킬로미터씩이나 느릿느릿 이어지는 코스지만, 어쨌든 스노보드 자체가 반년만이라서 몸 풀기로 타기에는 딱 좋다고 생각한 것이다.

동행자는 K카와쇼텐 출판사의 E와 A다. 지난번에 말했듯이 두 사람 다 자신의 도구를 막 구입한 참이다. 그 착용감을 확인해보겠다고 아주 신이 나 있었다(단 E는 내가 쓰던 보드 판을 물려받았다).

A가 운전하는 차로 도쿄를 출발했다. 실은 지난 7월에 새로 뽑은 신차였다. '내 차로 내 여자친구를 겔렌데에 데려가 스노보드를 가르쳐주겠다'는 게 그의 꿈이었는데 거기에 한 걸음 다가간 셈이다. 이제 스노보드 실력이 일취월장하고, 여자친구가 생기기만 하면 단숨에 소원성취. 아아, 이 꿈, 언제나 이루어지려나.

"너무 오랜만이라 탈 수 있을지 말지 모르겠어." 불안한 얼굴로 E가 말했다.

"나도 어떻게 타는지 싹 까먹은 것 같아. 진짜 탈 수 있을지 말지 모르겠네." A도 동조했다.

그건 틀린 얘기지, 지난번 시즌 때도 전혀 못 탔으면서, 라고 지적해주고 싶었지만 그냥 아무 말 않기로 했다.

어쨌거나 드디어 새로운 시즌을 맞이한다는 것 덕분에 세 사람 모두 활기가 넘쳤다. 기분도 쾌청이었다. 다만 날씨는 쾌청이라고 할 수 없었다. 도메이 고속도로의 스소노 인터체인지까지 이제 조금만 더 가면 된다 하는 참에 차 앞 유리에 빗방울이 투두둑 떨어지기 시작했다.

"엇, 비가 오잖아. 이거 어떻게 된 거야."

"위쪽도 비가 오고 있을까요?"

"후지산 위쪽은 눈이겠죠, 설마."

"그렇겠지? 눈이겠지? 추운 곳에서는 비가 눈으로 바뀌잖아."

"그럼요. 틀림없이 눈이에요."

희망적 관측이라기보다 단순한 소망을 우리는 주고받으면서 서로를 격려했다.

하지만 소망은 역시 소망에 지나지 않았다. Yeti에 도착할 때쯤에는 비가 본격적으로 쏟아졌다. 빗방울도 큼직큼직하다.

"어쩌지요?" 익숙하지 않은 운전으로 녹초가 된 A가 핸들에

손을 얹은 채 물었다. 벌써 눈물까지 글썽거리고 있었다.

Yeti의 게이트를 보니 스키어와 스노보더들이 속속 철수하는 참이었다.

나는 끄응 신음했다. 다양한 상념이 머릿속을 내달렸다. 여기까지 왔는데 스노보드를 못 타는 건 너무나 화가 난다, 하지만 빗물에 생쥐처럼 젖는 건 싫다, 게다가 이런 비라면 겔렌데 상태는 최악일 것이다, 스노보드 실력이 결코 뛰어나다고는 할 수 없는 E와 A가 부상을 입을지도 모른다, 부상을 입건 말건 상관없으나 병원에 데려가고 어쩌고 하는 건 귀찮다, 부상까지는 아니더라도 감기에 걸릴지 모른다, 내가 걸리는 건 어쩔 수 없지만 E나 A가 걸려서 나한테 전염시키는 건 못 참는다, 하지만 이제 슬슬 첫 활주를 시작하지 않고서는 연재 글을 쓸 거리가 없다, 아니, 그거라면 다시 다른 날에 다른 겔렌데에 가는 방법도 있다, 그때는 이 두 사람은 절대 데려가지 말자…….

"중지하자!"

나의 영단(英斷)에 두 사람은 반대하지 않았다. 갓 구입한 새 도구와 스노웨어를 첫 판부터 비에 젖게 하고 싶지 않다, 라는 마음이 그들에게는 있었던 모양이다.

그리하여 의욕이 넘쳤던 첫 활주 계획은 세 남자의 무의미한 드라이브라는 것으로 끝이 나버렸다. 하지만 그래서는 앞서 말한 것처럼 연재 글을 쓸 거리가 없는 것이다. 자아, 이제 어느 겔렌데로 갈 것인가. 아니, 그보다 대체 어디로 가야 보드를 탈 수 있는가. 나는 다시 인터넷에 올라온 각 스키장의 영상을 체크했다.

당일치기가 가능하고 무엇보다 눈이 있는 스키장은 나에바, 가구라 미쓰마타, 가자와, 가루이자와, 마루누마, 단바라, 다니가와다케 정도였다. 가구라 미쓰마타, 다니가와다케 이외에는 인공설로 눈 부족에 대응하는 스키장이다.

오픈한 코스의 거리가 짧다는 점에서 우선 나에바, 가자와, 가루이자와은 제외했다. 나아가 고속도로를 내려선 다음의 거리가 멀다는 이유로 마루누마고원도 탈락이다. 남은 곳은 세 군데. 모두 다 일장일단이 있었다. 다니가와다케는 적설량은 그럭저럭 괜찮은 편이지만 거리도 멀고 코스도 길지 않다. 가구라 미쓰마타는 그보다 더 멀고, 미쓰마타 겔렌데는 눈 부족으로 탈 수 없다. 그 대신 가구라 겔렌데는 거의 전면 활주가 가능하다. 단바라는 가까워서 편리하지만 아직 오픈한 코스가 몇 개 안 된다.

어디로 할지 결정하지 못한 채, 월요일 아침에 일단 차를 몰고 출발했다. 사실은 그 직전의 토요일과 일요일이 겔렌데 컨디션은 훨씬 더 좋았다. 하지만 꾹 참고 가지 않은 것은 주말은 몹시 붐빌 것으로 예상했기 때문이다. 실제로 마루누마고원 스키장의 라이브 카메라에는 리프트를 타려고 사람들이 길게 줄을 서 있는 모습이 찍혀 있었다.

파란 하늘이 펼쳐진 가운데 간에쓰 자동차도로를 북상했다. 비가 올 걱정은 없었다. 마침내 시즌이 도래했다는 실감이 났다.

운전을 하면서도 여전히 망설였다. 각 겔렌데의 상황을 알 수 없었기 때문이다. 날씨예보로는 토요일과 일요일에 눈이 내린다고 했었지만 결국 내리지 않았다. 즉 어떤 겔렌데도 적설량이 감소했을 터였다.

거의 전면 활주가 가능한 가구라 겔렌데라면 갑작스럽게 중지되는 일은 있을 리 없다. 하지만 다니가와다케는 판단을 내리기가 애매하다. 눈이 녹아서 코스 폭이 극단적으로 좁아졌을 우려가 있다. 단바라는 인공조설기가 있어서 일정한 수준의 코스는 확보했을 것이다.

가구라 미쓰마타로 가느냐, 아니면 단바라로 가느냐. 계속 망설이면서 차를 몰았다. 저 멀리 보이는 산은 한겨울인데도 흰빛이라고는 전혀 보이지 않는다. 지난달, 눈 없는 나에바 겔렌데를 보러 갔을 때와 비슷한 광경이었다.

역시 가구라 미쓰마타까지 가는 게 확실할까. 그쪽으로 마음이 살짝 기운 상태에서 운전을 계속했다. 하지만 너무 멀다, 너무 멀어서 힘들다, 라는 생각이 앞섰다.

군마현으로 들어서서 아카자를 지나갔다. 변함없이 산은 하얀 기미가 없다. 이대로라면 단바라는 어렵겠다, 라고 생각했을 때 꼭대기에 조그마한 흰 빛을 얹은 산이 우측 전방으로 내다보였다.

앗, 눈이다…….

그 하얀 부분이 단바라 스키파크인지 어떤지는 확실하지 않았지만 오랜만의 장거리 운전에 피곤해진 것도 있어서 휘청휘청 누마타 인터체인지로 빠져버렸다.

약 30분 뒤, 스키장 입구에 서서 나는 깜짝 놀라고 있었다. 눈이 없었기 때문이다. 아니, 전혀 없는 것은 아니지만 겔렌데라고 하기에는 너무도 빠듯한 상황이다. 비유를 해보자면 눈이 내린 다음 날의 운동장 같다. 즉 땅바닥 부분이 더 많다. 메인 겔렌데는 리프트를 한 차례 타고 올라간 곳에 있지만, 이 상황으로 봐서는 그다지 기대하기 어려웠다.

잘못 짚었는가, 라고 생각하면서 리프트 권을 구입했다. 탈 수 있는 코스가 반절도 안 되는데도 정규 가격을 그대로 받는 것은 좀 이해할 수 없었다.

우선 옷부터 갈아입고, 리프트로 향했다. 오랜만에 스노보드를 탈 수 있다고 생각하니 가슴이 설렜지만 메인 겔렌데가 과연 어떤 모습일지, 아무래도 불안 쪽이 더 컸다.

리프트를 타고 올라가면서 아래쪽 경사면을 살펴보았다. 인공 조설기가 열심히 눈을 토해내고 있었다. 그래도 지면을 하얗게

덮으려면 아직 상당히 시간이 걸릴 것 같다. 조설기를 가동하는 것도 공짜는 아닐 테니까 스키장 측으로서는 생각지 못한 비용을 쏟아 붓고 있는 셈이다. 그렇다고 오픈하지 않으면 손님이 안 올 것이고, 이러나저러나 힘든 상황이다.

드디어 메인 겔렌데에 도착했다. 한바탕 둘러보고는 어깨를 툭 떨구었다. 두 개의 코스를 겨우겨우 열어뒀지만 그곳 외에는 산의 속살이 그대로 드러났다. 모처럼 이 산속까지 달려왔건만 억지로 만든 스키장 티가 풍풍 나고 있었다.

하지만 여기서 불평을 하는 것은 죄 받을 짓이다. 아무래도 올해의 눈 부족은 심상치 않은 모양이다. 그런 가운데서도 어떻게든 타고 내려갈 만한 겔렌데를 만들어준 것만으로도 감사한 일이다. 그렇게 생각하니 리프트 권 가격이 정규 요금인 것도 이해가 되었다. 좀 더 내라고 해도 낼 정도다. 아니, 물론 내지는 않겠지만.

6백 미터의 완만한 경사면 코스와 1천5백 미터의 중상급자용 코스가 열려 있었다. 너무 오랜만이라서 우선 완만한 경사면에서 몇 차례 연습 삼아 타봤다. 타는 법을 잊어버린 건 아닌지 내심 불안했는데 생각했던 것보다 잘 탈 수 있었다. 그럴 리는 절대 없지만 예전보다 능숙해진 듯한 느낌까지 들었다.

신이 나서 중상급자용 코스에도 도전하기로 했다. 여기에서도 스윽스윽 잘 탈 수 있었다. 와아, 내가 이렇게 잘 탔었나 하고 혼자 우쭐해졌다. 나중에야 그게 새롭게 구입한 부츠 덕분이라는 게 밝혀졌지만 그때는 그런 건 알지도 못한 채 상쾌하게 턴을 척척 해치웠다.

장거리 코스를 10회쯤 탔더니 역시나 다리가 움직여지지 않았다. 혼자 오면 아무래도 쉬는 시간이 적어서 금세 지쳐버린다. 돌아갈 때 운전을 해야 하는 것도 감안해서 조금 일찍 철수하기로 했다.

문제는 메인 겔렌데에서 어떻게 밑에까지 내려가느냐는 것이었다. 보통 때라면 경사면을 타고 내려갈 수 있다. 하지만 앞서 말했던 대로 그 경사면에 눈이 없는 것이다.

멀거니 서 있는데 리프트 담당 아저씨가 나와서 벙실벙실 웃으며 손짓을 하고 있었다. 역시 그런가, 라고 나는 생각했다.

보드 판을 발에서 떼어 들고 리프트 쪽으로 다가갔다.

"내려갈 때도 리프트를 이용해야 하는 모양이네요."

"응, 눈이 없으니까 그래야지." 아저씨는 말했다.

"언제까지 이런 상황일까요?"

"글쎄 나도 모르지, 그건 해님에게 여쭤봐야 해."

"눈이 좀 내렸으면 좋겠네요."

"응, 근데 우리 친척들은 눈이 안 와서 다행인 데도 있어."

거기까지 이야기한 참에 리프트가 와서 나는 보드 판을 껴안고 올라갔다.

그 아저씨의 친척들은 눈이 안 와야 좋은 일을 하는지도 모른다. 대체 어떤 일일까 하고 생각하다가 관광업 이외에는 당연히 눈이 안 내리는 게 좋다는 것을 깨달았다.

2003년 12월

아저씨 스노보더의
공과(功過)

    지난번에는 집념의 첫 활주를 강행해야 했지만, 그 뒤에 고맙게도 각지에서 눈이 내리기 시작했다. 아저씨 스노보더도 엄청나게 바빠졌다. 한 달에 무려 열흘이나 스노보드를 탔다. 각 출판사 편집자가 "도무지 연락이 안 되잖아. 하긴 뻔하다, 뻔해, 이 작자가 눈밭에서 실컷 놀고 있는 거야"라고 분통을 터뜨리는 모습이 눈에 선하다. 어떤 변명을 해야 할지, 그건 나중에 생각하기로 하고 지금은 어쨌든 눈앞의 쾌락에 빠져들기로 했다.

    그나저나 날씨라는 건 도무지 예측이 안 되는 것이다. 기상청의 장기예보에서 올 겨울은 이른바 서고동저의 겨울 형(型)이 그리 길게 이어지지 않을 거라고 했었는데, 태풍 못지않은 저기압이 홋카이도를 습격한데다 동쪽 해상에 떡 버티고 앉아 꼼짝도 하지 않는 상태가 이어졌다. 그때는 홋카이도뿐만 아니라 동해 쪽과 산간지방까지 연일 대설이었다. 아니, 눈보라가 휘몰아치는 폭설이었다고 표현해야 할 것 같다. 강풍 때문에 곤돌라나 리프트를 운행하지 못해 울며불며 영업을 정지할 수밖에 없는 겔렌데가 속출했다. 실은 나도 그날 K카와쇼텐의 E, A와 가라유자와에 가려고 꼭두새벽부터 도쿄역에서 만났지만 역에 도착하자마자 "오늘 가라유자와 스키장은 강풍으로 인해 영업을 중지합니다"라는 안내방송이 흘러나왔다. 그 바람에 의미도 없이 아침부터 커피만 들이켰다. 지난번의 Yeti 때도 그렇고, 아무튼 E와 약속을 하기만 하면 제대로 되는 일이 없다. 그러고 보니 그와 오키나와에 갔을 때는 사흘 내내 비가 내렸다. 저 T여사와 둘이 날씨의 신께 단단히 미움을 산 모양이다.

그나저나 기상청의 예보가 어긋나서 전국의 스키어와 스노보더들은 안도하고 있을 것이다. 물론 폭설 피해를 당한 분들이 있다는 것을 잊어서는 안 된다.

어쨌든 이번 시즌, 마음껏 탈 수 있을 것 같아서 나도 하루하루가 즐거웠다. 아니, 아니, 소설 집필에 지장을 초래할 일은 전혀 없어요, 마감 날은 정확히 지키겠습니다. 아무 문제없다니까요, 네네. 게다가 그냥 취미 삼아 스노보드를 타는 게 아니에요. 이거 봐요, 그걸로 이렇게 연재 글도 쓰고 있잖아요. 말하자면 취재예요, 취재. 응? 취재를 너무 많이 하는 거 아니냐고? 아, 음, 그런가. 하지만 연재 한 회 한 회, 소재거리를 찾아야 하는 내 입장도 헤아려주셔야죠. 정말 힘들다니까요. 응? 그걸 읽는 사람의 입장도 헤아려달라고? ……네, 죄송합니다.

누구에게 사과하는 건지도 모르겠는 나지만, 이 연재 글도 마침내 가경에 접어들었다. 아니, 그게 아니라 소재가 슬슬 떨어지고 있다. 스노보드 타고 왔습니다, 기분 좋았습니다, 라고만 해서는 재미고 뭐고 없다. 이번에도 각지에서 보드를 타고 온 느낌을 쓰기로 하자면 못 쓸 것도 없지만, 활주 테크닉의 변화도 이제 정점을 찍어버려서 더 이상 신나는 얘깃거리가 없는 것이다.

그래서 연재 종료의 예감을 넌지시 내비치면서 이번에는 가볍게 전체적인 정리를 해보기로 했다. 이름하여 〈아저씨 스노보더가 되어서 좋은 점과 안 좋은 점〉이다.

좋은 점 : 함께 어울릴 수 있는 친구가 많아졌다

작가 니카이도 씨와 누쿠이 씨가 나를 겔렌데에 불러준 것은 흐뭇한 일이었다. 그들은 스키어지만, 함께 어울려 타다 보면 정말 재미있다. 아비코 다케마루 씨, 가사이 기요시 씨와도 친해졌다. 변태 구로켄(구로다 겐지)과 인연을 맺어버린 것은 좋은 일인지 뭔지 잘 모르겠다.

안 좋은 점 : 함께 어울릴 수 있는 친구가 지나치게 많아졌다

여기저기서 불러주는 것은 고마운 일이다. 하지만 약속이 겹쳐버리는 경우가 생긴다. 그런 때는 다른 한쪽이 섭섭해 할 수 있어서 마음이 몹시 고단하다. 때로는 마감 날짜와 겹치는 경우도 있다. 이 또한 괴롭다. 참으로 죄송하지만 매사에 도저히 피하기 힘든 경우라는 게 있다. 나는 작가인 것이다. 마감 날짜를 소홀히 할 수는 없다. 그래서 그 소중한 마감 날을 자꾸만 미뤄주십사고 하게 된다.

좋은 점 : 체력이 붙었다

작가라는 직업은 자칫 운동부족이 되기 쉽다. 작업 중에는 계속 앉아 있고, 어딘가 나가더라도 냉큼 차를 이용하게 된다. 일단 피트니스센터에는 다니고 있지만 팔다리가 상당히 약해졌을 거라고 내심 우려했었다. 스노보드를 시작해보고 그것을 확신했다. 아니, 이게 좀, 매우 심각한 상황인 것이다. 보드를 타고난 다음 날은 꼼짝을 할 수 없을 정도였다. 이래서는 안 되겠다 싶어서 피트니스센터에 꼬박꼬박 나갔다. 덕분에 이제는 온종일 보드를 탄 뒤에도 근육통이 별로 없다. 그냥 둔감해진 것뿐인지도 모르지만.

안 좋은 점 : 체력을 과신하게 되었다

보드를 좀 탈 수 있게 되었다고 예전에 없던 특별한 운동능력이 생겨난 것은 아니다. 간단히 말해서, 사십대 후반이라는 것에는 변함이 없다. 괜히 우쭐해서 나라면 뭐든 할 수 있는 게 아닌가, 라는 둥의 생각을 해서는 안 된다. 이를테면 컬링 때처럼 만만하게 보고 덤벼서는 안 된다. 혹시라도 만만하게 보고 덤볐다가는 반드시 험한 꼴을 당한다. 아저씨는 아저씨답게 집에서 얌전히 지내는 것도 필요하다.

좋은 점 : 규칙적인 생활을 하게 되었다

스노보드는 당일치기로 타러 가는 일이 많다. 아침 6시쯤 일어나 직접 운전해서 겔렌데로 달려가고 저녁때까지 탄 뒤에 다시 운전해서 돌아오는 패턴이다. 몸이 녹초가 되어 그날 밤은 푹 잘 수 있다. 이런 일을 거듭하다 보니 생활이 규칙적이 되는 것은 당연하다. 스노보드를 탈 예정이 없는 날에도 아침 일찍 일어날 수 있다. 새벽부터 '우리 집의 절약 기술'이라든가 '고부 전쟁' 같은 건전한 방송을 보는 일도 많아졌다.

안 좋은 점 : 생활에서 일이 차지하는 비율이 불규칙해졌다

스노보드를 중심에 두는 생활 패턴이 형성되었다. 내일 스노보드를 타러 간다고 결정되면 만사를 제치고 일찍 잠자리에 든다. 잠이 안 와도 침대에 들어가 눈을 질끈 감는다. 마감이 코앞에 닥친 것도 싹 외면해버린다. 덕분에 겔렌데에 가지 않는 날은 대부분 마감 데드라인이다. 스노보드, 마감, 스노보드, 스노보드, 마감, 마감, 이라는 식이다. 봉우리 많은 경사면을 스윽스윽 달리는 것이 나의 꿈이지만, 스케줄의 봉우리를 멋지게 타고 넘는 것도 큰 숙제다. 현재로서는 양쪽 다 잘 되지 않아서 넘어지고 꼬꾸라지고의 연속이다.

좋은 점 : 추위에 강해졌다

원래부터 추위에는 비교적 강한 편이지만 더욱더 내구력이 붙었다. 아무튼 겔렌데는 하루 최고기온이 영하 5도인 경우가 대부분이다. 바람 부는 날이면 한층 더 춥다. 그래도 스노웨어 안에 이너웨어 한 장만 입는다. 아래는 팬티만 입는다. 눈보라가 휘몰아치는 가운데 리프트를 타면 온몸이 얼어붙는 것 같다. 그 눈보라 속을 맹렬한 스피드로 활주하면 코와 귀가 떨어져나갈 것 같다. 북녘 출신들은 겨울에 왜 일부러 추운 곳에 가느냐고 의아해하지만, 실은 나도 매우 이상하다고 생각한다. 하지만 도쿄에 돌아오면 아무리 추운 날도 따뜻하게 느껴진다. 그래서 스노보드를 시작한 이후로 코트를 입은 적이 없다.

안 좋은 점 : 더위에 약해졌다

이건 여름 더위가 아니라 겨울의 난방에 관한 얘기다. 혹은 날씨가 너무 좋아 예상보다 겔렌데의 기온이 올라갔을 때의 얘기다. 추위를 예상하고 방한대책을 단단히 하고 나갔는데 뜻하지 않게 따뜻한 공기에 휘감기면 그 즉시 땀이 줄줄 흘러서 어쩔 줄 모르게 된다. 그게 겁이 나서 저절로 옷을 얇게 입는다. 더위에 약해졌다기보다 더위가 무서워졌다고 말하는 게 정확할지도 모른다.

좋은 점 : 일의 폭이 넓어졌다

이건 대단히 좋은 현상 아니겠습니까. 실제로 이렇게 연재 글을 써내고 있지 않은가 말이다. 언젠가, 나중에, 가까운 장래에, 기회가 닿는다면, 스노보드 소설을 쓸 수 있을지도 모른다.* 즉 작가로서의 서랍이 많아진 것이다. 그래서 스노보드 타기도 어엿한 업무라고 할 수 있다. 그렇다면 보드, 부츠, 바인딩, 스노웨어, 그밖에 다양한 용품과 리프트 권 비용, 교통비, 도시락 값까지 경비에 넣지 않을 이유가 없는 것 아닌가. 이를테면 조수로서 어느 여인과 동행했다면 그녀의 비용도 경비로 간주해야 할 것이다. 이게 안 되는 거, 좀 이상한 거 아닙니까.

---

*몇 년 뒤 실제로 스노보드 소설 《연애의 행방》, 《눈보라 체이스》 등을 출간하여 '스포츠 미스터리'라는 새로운 영역을 펼쳐나갔다.

안 좋은 점 : 작업실의 폭이 좁아졌다

아무튼 도구 하나하나가 부피가 크다. 게다가 보드 판은 세심한 관리가 필요해서 왁스칠을 하고 그 왁스를 다시 닦아주고, 이래저래 손이 많이 간다. 작업실 한 면을 스노보드를 위한 공간으로 비워줬더니 그러잖아도 좁은 방이 한층 답답해졌다. 젖은 스노웨어며 장비들을 말려야 하기 때문에 항상 축축하고 눅눅하고, 이 느낌이 여간 불쾌한 게 아니다. 땀을 빨아들인 장갑이 고약한 냄새를 풍길 때는 말문이 막히고 콧구멍도 막힌다.

좋은 점 : 화제가 풍부해졌다

이건 주로 주점에 갔을 때의 얘기. 주점에 가면 젊은 호스티스들과 대화를 할 수 있는데 그 참에 스노보드를 화제로 꺼내면 신선하게 들린다고 할까, 아주 젊게 느껴진다고 할까(젊다, 라는 말을 사용하는 것 자체가 이미 아저씨지만), 이를테면 골프를 화제로 하는 것보다는 어쩐지 폼이 나는 느낌이 든다. 덕분에 인기를 끌었다, 라고 할 정도의 효과는 현재로서는 없지만.

안 좋은 점 : 화제가 한쪽으로 치우치게 되었다

치우친다기보다 시종일관 스노보드 얘기만 한다. 편집자들도 점점 지겹다는 표정을 숨기지 않는다. 초기에는 "와아, 히가시노 씨 대단하시네요. 나는 도저히 흉내도 못 내겠어요"라고 공치사를 해주던 자들도 요즘에는 어쩐지 냉랭하다. 내가 침을 튀겨가며 스노보드 활주가 얼마나 상쾌한지 얘기해줘도 "이제 그만 좀 하시지"라는 불쾌감을 드러낼 뿐이다. 하지만 이건 매우 바람직하지 않은 일이다. 무릇 편집자는 작가가 기분 좋게 집필에 뛰어들 수 있는 분위기를 조성하는 데 온힘을 다하지 않으면 안 된다. 설령 재미없는 이야기를 주절거리더라도, 설령 지금까지 수없이 들은 얘기를 또 늘어놓더라도, "와아, 대단하시네요"라든가 "정말 굉장하시네요"라든가, 아무튼 감탄한 척이라도 해야 마땅하다. 또한 작가가 그런 식으로 열과 성을 다해 이야기할 때는 결코 일 얘기를 불쑥 꺼내 그 흐름을 잘라서는 안 된다. 이건 딱 정해진 규칙이다.

그러고 보니 주점에서 나를 대하는 태도도 요즘 뭔가 달라진 것 같다. 그녀들의 작위적인 웃음이야 으레 그런 것이지만, 요새는 그 작위성을 감추려고도 하지 않는다.

"히가시노 선생님, 대단하세요"라는 말이 마치 책이라도 읽는 것처럼 무덤덤한 것이다. 며칠 전, 어느 주점에서 화장실에 갔는데 다음과 같은 여인들의 대화가 들려왔다.

"아휴, 미치겠어, 그 아저씨가 또 스노보드 이야기를 늘어놓지 뭐야. 아무튼 그 얘기만 시작하면 끝이 없다니까."

"항상 똑같은 소리만 하고, 진짜 지겹다, 지겨워."

"혼자 마음대로 떠들라고 내버려둬. 대충 맞장구만 쳐주면 되잖아. 머릿속에서는 다른 생각을 해도 되고."

"그래, 그래야겠네."

끄응, 진지하게 들어주는가 했더니만 오른쪽 귀로 듣고 왼쪽 귀로 흘린 모양이다. 아아, 인기 끌기는 다 틀렸다. 하지만 달리 화젯거리가 없어서 나도 모르게 또 다시 스노보드 이야기를 꺼내버린다. 난감하다.

아, 가만, 나는 손님이다. 내가 좋아하는 것을 얘기하는 게 뭐가 잘못인가. 얘기를 하기 위해 온 것이다. 그쪽은 들어주는 게 일 아닌가. 재미없는 얘기건 들어주기도 질려버린 얘기건, 그야말로 재미있다는 듯 눈을 반짝이며 들어줘야 하는 거 아닌가 말이다. 이봐요, 들어봐요. 내 자랑 이야기를 들어달라니까.

2004년 1월

우선 이런 정도로

왜 그렇게까지 스노보드에 빠져들었을까요, 그게 그렇게 재미있습니까, 라는 질문을 자주 받는다. 나도 이건 좀 궁금하기도 하겠다고 생각한다. 잠자는 시간과 밥 먹는 시간까지 아껴가며 죽을 둥 살 둥 원고를 써놓고, 아직 어두컴컴한 새벽에 집을 나와 다리가 뻣뻣해질 때까지 스노보드를 타다니, 뭔가 아주 좋은 점이 있는 게 틀림없다고 생각하는 것도 당연하다.

스노보드가 재미있는 것은 사실이다. 하지만 꼭 그것만은 아닌 것 같다. 좀 더 재미있는 일이라면 아마 헤아릴 수 없이 많을 것이다.

나를 스노보드에 이토록 빠져들게 한 것은 '향상(向上)'이라고 생각한다.

분명히 말하건대, 나는 아저씨다. 사십대 후반이면 옴치고 뛰어볼 수도 없이 중년 아저씨. 그런 아저씨가 되고 보니 뭔가 새로운 것을 시작하고 배우고 향상시킬 기회가 극단적으로 줄어들었다. 오히려 예전에는 할 수 있었던 것을 못하게 되는 경우가 더 많다.

그래서 아주 작은 것이라도 '어제는 못한 것을 오늘은 해냈다' 라는 게 기뻐서 견딜 수가 없다. 스노보드는 그 아주 작은 향상을 피부로 실감할 수 있는 스포츠다. 특히 초보자는 탈 때마다 반드시 조금씩이라도 향상된다. 자신의 과제를 자각하고 다음에는 그것을 극복해보려는 마음을 갖게 해준다.

그런 기쁨을 안겨주는 것은 아마 그밖에도 많을 것이다. 이를테면 골프는 나이와 성별을 불문하고 많은 사람들의 향상심을 자극하는 대표적인 스포츠일 것이다. 골프에 빠져드는 사람들의 심정이 충분히 이해가 된다. 내 경우에는 그것이 우연히 스노보드였다는 것뿐이다.

자, 그렇다면 나는 어느 정도나 향상되었는가. 스노보드를 시작한 지 2년이 되어간다. 이제 연재도 끝나가고, 이쯤에서 매듭을 지어보자고 우리는 회의에 들어갔다.

"마무리로는 뭐가 좋을까?" 내가 물었다.

"그야 뭐, 하프파이프 같은 것을 해주시면 정말 고맙죠."

간절히 바라마지 않는다는 얼굴로 그런 말을 한 사람은 T여사다. 고맙죠, 라는 건 무슨 뜻인가. 글의 반응이 좋아진다는 것인가. 그야 그렇겠지만, 아무리 그래도 하프파이프는 무리다. 솔직히 말해서 무섭다. 또다시 얼굴을 찧었다가는 코뼈가 남아나지 않는다.

"하프파이프는 안 하는 게 좋을걸. 혹시라도 넘어졌다가는 큰 일이잖아."

S편집장이 옆에서 말을 끼웠다. 컬링 사고로 내가 병원에 실려갔을 때를 떠올린 모양이다.

"그럼 역시 원메이크일까요?"

T여사가 다시 말했다. 원메이크란 점프대를 사용해 몸을 띄워 도약하는 것이다. 이 또한 착지 때 부상당할 위험성이 있다.

"조금 더 타당한 아이디어는 없어? 안전하면서도 폼이 나는 거." 답답해하면서 나는 물었다.

"그럼 그라운드 트릭은 어떨까요?"

"그라운드 트릭……."

이건 말하자면 피겨 스케이팅을 하듯이 스노보드를 타는 것이다. 경사면을 타고 내려오면서 빙글빙글 돌기도 하고 폴짝 뛰기도 한다. 아닌 게 아니라 겔렌데에서 그런 묘기를 펼치는 젊은이들이 많았다. 눈에 딱 띄고 아주 능숙한 것처럼 보이고 무엇보다 폼이 난다.

"그거, 해볼까?" 불안해하면서도 그 제안에 응해보기로 했다. "단 여기 두 사람도 같이 해야 돼."

나의 지시에 T여사와 S편집장의 얼굴이 일순 굳어버린 것은 더 말할 것도 없다.

1월 말일, 우리 세 사람은 가라유자와에 가 있었다. 그라운드 트릭은 나 혼자서는 도저히 마스터할 수 없기 때문에 레슨을 받기로 했다. 강사는 작년에도 도와주신 프로선수 마쓰무라 게이타 씨였다. 아직 나를 기억하고 있어서 "호숫가 살인사건, 재미있게 읽었어요"라고 말해주었다. 기뻤다.

우선 활주 기술을 확인하기 위해 평소에 어떻게 타는지 지켜봐주었다. 몇 가지, 자세를 바로잡아준 뒤에는 칭찬을 해주었다.

"그래도 잘 타시는데요? 작년을 생각하면 완전 딴 사람 같아요."

강사는 정말 칭찬에 능하다. 가장 큰 목적은 스노보드를 좋아할 수 있게 하는 것이다. 그걸 다 알면서도 역시 칭찬을 들으면 기분이 좋아진다.

그다음에는 초보자용 경사면으로 이동해 드디어 그라운드 트릭 수업에 들어갔다. 눈을 감고서도 탈 수 있을 만큼 완만한 경사면이지만 이곳도 맨 처음 탈 때는 굉장한 급경사로 보였다. 그야말로 격세지감이 느껴졌다.

T여사와 S편집장도 함께 서서 우선은 기본적인 레슨을 받았다. 보드 한쪽을 붕 띄우거나 휘어짐을 이용해 폴짝 뛰는 것이다. 한바탕 배우고 나자 이번에는 내려가면서 회전하거나 점프를 하는 연습이다.

"그럼 다음에는 뛰면서 180도 회전을 해볼까요."

마쓰무라 프로가 시범을 보여주었다. 슥슥 내려오다가 중간에 점프, 빙글 회전해서 착지. 프로가 하면 실로 간단한 동작처럼 보인다.

하지만 아마추어가 해보려고 하면 얘기가 달라진다. 히가시노, T여사, S편집장, 모두 눈밭에 나동그라지기 바빴다. 새삼 초보자 시절이 생각났다.

"괜찮아요. 그렇게 자꾸 하시면 됩니다. 자아, 다음에는 역회전을 해볼까요."

마쓰무라 프로의 말에 저절로 주춤 물러섰다. 아니, 아니, 전혀 괜찮지 않은데요. 이걸로는 안 되잖아요. 한 번도 못해냈잖아요. 셋 다 계속 넘어지기만 했는데…….

하지만 우리의 낭패감을 눈치채지 못하고, 아니, 그딴 건 무시해버리고, 마쓰무라 프로는 척척 단계를 높여갔다. 우리 세 사람은 하나도 못해냈다. 그나마 다행인 것은 눈이 내린 뒤라서 바닥이 폭신폭신했다. 안 그랬다면 우리는 온몸이 멍투성이가 되었을 것이다.

"오늘은 히가시노 씨에게 꼭 가르쳐드리고 싶은 기술이 있어요."

리프트에 탔을 때, 마쓰무라 프로가 말했다.

테일 프레스라는 기술. 겨우 이 정도를 하는 것도 상당히 어려웠다.

Photograph by Shinji Akagi

"그렇습니까."

"근데 그걸 하려면 아무래도 서둘러서 단계를 올려가야 하거든요. 죄송합니다."

"아, 그랬구나……."

마쓰무라 프로는 이 아저씨 스노보더에게 어떻게든 기술 한 가지를 선물해주려고 좀 급한 페이스로 수업을 진행했던 것이다. 참으로 고마운 일이다. 감격했다. 그렇다면 나도 분발하지 않으면 안 된다. T여사와 S편집장이야 하든 말든 모르겠고, 나만은 반드시 해내야만 한다.

마쓰무라 프로가 내게 전수해주려는 기술은 다음과 같은 것이었다.

- 우선 똑바로 타고 내려간다.
- 다음에 보드의 끝을 띄우고(테일 프레스라고 한다), 회전을 시작한다.
- 180도 회전한 다음에 보드의 휘어짐을 이용해 점프한다.
- 180도 회전한 다음에 착지한다.

이런 일련의 동작을 유연하게 계속 하는 것이다. 마쓰무라 프로가 하면 이 또한 별것 아닌 것처럼 보인다. 그런데…….

몇 번을 해봐도 되지 않았다. 괜찮게 되는 듯하다가도 마지막 점프에서 번번이 넘어졌다. T여사, S편집장도 마찬가지였다. 실은 지금까지 T여사가 넘어지는 건 거의 본 적이 없는데 그 두 시간 동안에 아주 실컷 구경했다.

"이제 조금만 더 하시면 돼요. 이게 어느 순간에 갑자기 되거든요. 계속 도전해보세요."

마쓰무라 프로의 격려에 판판이 넘어지면서도 계속 도전했다. 그리고 이제 경사면도 끝나가려고 할 때…….

정말 갑작스럽게 성공했다. 하프파이프와 원메이크 같은 고난이도 기술을 하는 사람들은 비웃을지도 모르지만, 멋지게 착지에 성공했을 때는 나도 모르게 만세를 불렀다. 아저씨 스노보더가 또 한 가지 '향상'을 손에 넣은 순간이었다.

요령을 파악했는지 그 뒤에 도전했을 때도 성공률이 60퍼센트를 넘었다. 몸의 방향을 반대로 돌려서(페이키라고 한다) 똑같이 하는 기술도 그럭저럭 해낼 수 있었다.

"기술을 다양하게 조합하면 얼마든지 변화가 가능합니다. 앞으로도 열심히 연습해주세요."

마쓰무라 프로의 말에 크게 고개를 끄덕였다. 아, 정말로 레슨을 받기를 잘했다. 뭔가를 마스터하는 기쁨이라는 것은 실로 좋은 것이다.

어떤 스포츠에도 이걸로 끝, 이라는 것은 있을 수 없다. 뭔가 한 가지 달성해내도 반드시 다시 새로운 목표가 생겨난다. 그것을 향해 계속 올라가고 또 올라가면 싫증이 나네 마네 할 일은 결코 없다. 싫증이 났다면 그건 결국 좌절인 것이다.

스노보드를 만나서 정말 좋았다고 생각한다. 그 겨울날, 당시에 잡지 《스노보더》의 편집장이던 M씨를 만나지 못했다면 이렇게 충실한 스포츠 라이프는 경험하지 못했을 것이다. 또한 M씨의 제자인 T여사가 나를 불러주지 않았다면 결국 "스노보드, 언젠가 꼭 해보고 싶은데"로 끝나버렸을지도 모른다. S편집장이 함께해주지 않았다면 "나 같은 중년 아저씨가 스노보드라니, 창피해서 못해"라고 기가 꺾였을지도 모른다. 마쓰무라 프로를 비롯한 강사들의 도움이 없었다면 지금처럼 경쾌하게 내달리는 날은 오지 않았을지도 모른다.

스포츠와의 만남은 사람과의 만남이기도 하다, 라고 새삼 생각했다. 그러고 보니 스노보드를 시작하면서 다양한 인물들과 마치 어린애처럼 놀아보는 기회가 많아졌다. 아저씨란 실상 언제까지나 어린애이고 싶어하는 존재다, 라는 것도 스노보드를 통해 확인할 수 있었다.

그나저나 이번에는 스포츠 전문 카메라맨이 동행해서 내 모습을 촬영해주었다. 지금까지 나 자신이 보드를 타는 모습은

프로 선수 마쓰무라 게이타와 악수. 이런 중년 아저씨를
스노보더로 만들어주셔서 진심으로 감사합니다!

Photograph by Shinji Akagi

제대로 본 적이 없기 때문에 어떤 식으로 찍혔을지 기대가 된다. 한편으로는 약간 불안한 마음도 있다. 나는 나름대로 멋있다고 생각했는데 사진을 보고 크게 실망하는 일은 없었으면 좋겠다. 하지만 그건 그것대로 새로운 과제를 부여받았다고 생각할 수밖에.

프로 카메라맨답게 요구도 엄격했다. "저기서부터 타고 내려오다가 여기쯤의 덤불을 빠져나가 멋있게 눈보라를 날리면서 달려주세요. 그리고 속도는 최대한 올려주시고요"라는 식으로 주문하는 것이다. 아이구, 나는 아직 쌩 아마추어인데.

하지만 프로 라이더가 된 기분으로 있는 힘껏 달려보았다.

"뭐야, 그 정도면 나도 할 수 있겠는데?"

그렇게 생각하신 중년 아저씨 여러분, 맞습니다, 당신도 할 수 있습니다.

2004년 2월

Photograph by Shinji Akagi

Photograph by Shinji Akagi

아저씨 스노보더 살인사건

아저씨 스노보더
살인사건

1

Y현 야쓰비고원 스키장.

기리시마가 넘어지자 등 뒤에서 아내 나미의 깔깔 웃는 소리가 들려왔다.

"그렇게 웃을 것까지는 없잖아." 양 발을 버티며 일어선 기리시마는 렌털 스노웨어에 묻은 눈을 떨어냈다. "처음 탈 때는 다 넘어져. 그렇지요, 선생님?"

선생님이라고 불린 것은 젊은 강사다.

"네, 괜찮아요. 스키와는 다르게 스노보드는 넘어지면서 배우는 거예요." 강사는 웃는 얼굴로 격려했다.

"아이, 그래도 난 거의 안 넘어졌잖아."

"당신은 아직 젊다는 얘기지?" 기리시마는 허리를 쭈우욱 펴면서 말했다. "그나저나 지쳤어. 다리가 후들거린다."

"그럼 오늘은 여기까지만 하죠." 강사가 말했다. "기리시마 씨도 완만한 경사면에서는 '낙엽 타기'를 할 수 있게 됐으니까 이 제는 많이 타면서 익숙해지는 게 중요해요."

"많이 탈 만큼 체력이 남아 있으면 좋겠지만……."

기리시마가 말했을 때, 한 스노보더가 10여 미터쯤 떨어진 곳에서 멈춰 섰다. 검은 스노웨어를 입었고 미러렌즈의 고글을 쓰고 있었다.

기리시마는 그 남자를 흘끗 쳐다본 뒤, 시선을 아내에게로 옮겼다.

"당신은 어떻게 할 거야? 나는 잠깐 쉬어야겠는데."

"난 좀 더 탔으면 좋겠는데. A코스는 아직 못 타봤어."

"그 급경사면을 달리겠다고?" 기리시마는 얼굴을 찌푸렸다. "그런 절벽 같은 데를."

"별거 아냐, 경사도 30도쯤은." 나미는 강사를 보았다. "선생님, 그쪽에서 타는 것도 좀 봐주실 수 있어요?"

"네, 좋아요."

"꼭 옆에 있어주세요." 기리시마도 부탁했다. "이 사람은 입으로만 떠드니까 혼자 그런 곳에 보내면 영 불안해서."

"아뇨, 실제로 잘 타시는데요? 아무튼 제가 꼭 옆에 있겠습니다."

"선생님, 고마워요." 나미가 폴짝 뛰었다.

"나는 레스토랑에 가서 기다릴게."

두 사람이 곤돌라로 향하는 것을 지켜본 뒤에 기리시마는 조심조심 보드를 밀며 타고 나왔다.

레스토랑 앞에서 보드 판을 떼고 있는데 조금 전에 본 스노보더가 다가왔다.

"꽤 잘 타시던데요, 교수님."

기리시마는 고글 너머로 상대를 노려보았다. "낮에는 나한테 접근하지 말라고 했잖아."

"보는 사람 아무도 없어요. 그보다 우리의 거래에 대해 얘기하고 싶은데요."

"글쎄 그 얘기는 둘이 만났을 때 하자고, 남의 눈에 띄지 않는 곳에서. 오늘 밤은 어때?"

"뭐, 교수님만 괜찮으시다면."

"그럼 약속 장소를 정하자."

기리시마가 장소를 알려주자 남자는 입을 헤벌렸다. "정말이십니까?"

"왜, 무슨 불만이라도 있나?"

"아뇨, 저야 괜찮죠. 그러면 9시에 그곳에서." 남자는 보드 판을 손에 들고 자리를 떴다.

기리시마가 레스토랑에서 커피를 마시고 있으려니 이윽고 나미가 돌아왔다. 그런데 그녀 말고도 세 사람이 함께 들어왔다.

기리시마는 모르는 얼굴들이었다. 부츠를 보니 세 사람 모두 스노보더였다.

"여보, 이런 우연이 다 있네. 깜짝 놀라게 유명한 분을 만났어." 나미가 신이 난 목소리로 말했다.

"아는 분들이야?"

"아니, 이 분들 쪽에서는 나를 모르시고 내 쪽에서만 알고 있어. 여기 이 분, 미스터리 작가 히가시노 씨, 히가시노 게이고 씨야." 나미는 키 큰 남자를 가리키며 말했다. 새까만 머리칼에 얼굴은 고글 자국이 뚜렷할 만큼 눈에 그을려서 나이를 가늠할 수 없었다.

"아하." 전혀 들어본 적이 없는 이름이었지만 기리시마는 일단 놀란 척했다. "저런, 저런."

나미의 말에 따르면, 다른 두 남녀는 출판사 직원이고 그중 남자 쪽은 편집장이라고 했다.

"곤돌라에 우연히 동승했는데 얘기를 나누다가 알았지 뭐야. 여보, 내가 《블루사이드》라는 소설 읽었던 거 알고 있지? 그 소설을 쓰신 게 바로 이 히가시노 작가님이야."

"오, 그렇구나."

그 책이라면 기억이 난다. 나미는 "욕구불만만 남기는 따분한 소설"이라고 말했었다.

"곤돌라에서 이야기를 나누다가 완전히 의기투합해서 보드를 함께 타고 내려왔어."

기리시마는 작가를 올려다보았다.

"제 아내가 괜히 폐를 끼치지 않았는지 모르겠네요."

"아뇨, 뜻밖의 장소에서 팬을 만나서 저도 반가웠습니다." 작가는 태평한 웃음을 보였다. 나미가 그의 팬이라고 말한 모양이다.

"취재하러 오셨대. 여보, 기왕 이렇게 만났는데 오늘 저녁식사 함께하는 건 어떨까? 히가시노 씨 일행은 좋다고 하셨어."

"네, 두 분께 방해가 되지만 않는다면 저희는 좋습니다." 작가가 짐짓 점잖은 투로 말했다.

기리시마는 잠시 생각해보고 아내를 향해 고개를 끄덕였다.

"좋지. 그러자."

"아, 재미있겠다." 나미는 아직도 손에 끼고 있는 장갑으로 작게 승리 포즈를 취했다.

그 모습을 보며 기리시마는 마침 잘된 일인지도 모른다고 생각했다.

2

레스토랑 창문 너머로 환한 나이트 조명 속을 달려가는 스키어와 스노보더의 모습이 보였다. 실내의 조명이 은은하게 어두워서 바깥의 설면을 반사해 들어온 불빛이 눈부실 정도였다.

"아, 그래요, 전자 미디어를 연구하시는군요. 재미있는 얘기를 많이 해주실 것 같은데요." 작가는 기리시마의 직업에 관심을 보였다. 그것이 기리시마로서는 뜻밖이었다. 작가라면 으레 문과형 인간일 거라고 생각했기 때문이다.

"이곳에는 그 전자 미디어 일 때문에 오셨습니까?" 다카나카라는 여성 편집자가 질문을 던졌다.

"아뇨, 그냥 레저 삼아 왔어요. 아내가 스노보드를 타고 싶다고 자꾸 졸라서요."

"당신이 먼저 도전해보고 싶다고 했잖아." 나미가 반론에 나섰다. "이 사람, 규슈 출신이라서 오늘 아침 여기 도착할 때까지 눈 쌓인 걸 가까이에서 본 적이 없대요. 당연히 스키도 처음 타보는 거예요."

"규슈 출신이시라면, 네, 눈 구경하기가 어렵지요." 편집장이 고개를 끄덕였다.

잠깐 실례, 라면서 나미가 자리에서 일어섰다. 그녀가 나가고

난 뒤에 작가가 슬쩍 몸을 내밀며 말했다. "부인이 아주 젊으시네요."

"스물다섯 살입니다." 기리시마는 솔직히 대답했다. "정확히 스무 살 연하예요."

오옷, 하고 작가는 어깨를 젖혔다. "정말 부럽습니다."

"히가시노 씨는……."

"독신이에요." 작가는 부루퉁한 얼굴로 말을 이었다. "아내가 달아나버려서."

설마, 라면서 기리시마는 웃었다. 하지만 작가는 웃지 않았다. 편집자들은 거북스러운 듯 고개를 숙이고 있었다.

나미가 돌아왔다.

"2차로 바에 갈까요? 바에서도 겔렌데의 나이트 조명이 다 보인대요."

"그거 좋지." 기리시마는 세 사람을 보았다. "가시죠."

"예에, 갑시다, 갑시다." 작가가 자리에서 일어났다. "나이트 타임에 보드 타는 사람들은 실력자가 많으니까 테크닉을 훔칠 수 있겠네요."

레스토랑 식사비를 서로 내겠다고 잠시 옥신각신했지만 결국 더치페이로 정해졌다. 가게에서 나온 뒤 기리시마는 아내에게 말했다.

"당신이 손님들과 먼저 가 있어. 나는 잠깐 할 일이 있어."

"어머, 지금 이 시간에?"

"메일로 보내야 할 리포트가 있어. 30분쯤이면 끝나."

"응, 알았어." 나미는 살짝 의아해하는 얼굴이었지만 곧바로 고개를 끄덕였다.

네 사람이 떠나자 기리시마는 급히 걸음을 옮겼다. 엘리베이터에 타고 층 버튼을 눌렀다. 엘리베이터의 움직임이 느리게만 느껴졌다.

15분 뒤, 기리시마는 야쓰비산 정상에 내려섰다. 스키어와 스노보더들이 급경사면을 타고 내려갔다. 그것을 곁눈질로 바라보며 그는 산 정상 레스토랑으로 향했다. 이미 문을 닫은 시간이어서 레스토랑은 물론 그 주변도 컴컴했다.

한 남자가 담배를 피우고 있었다. 기리시마를 알아봤는지 남자는 꽁초를 눈밭에 휙 던졌다.

"이런 곳까지 올라와도 진짜 괜찮겠어요?" 목소리에 비웃음이 섞여 있었다. "최대 경사도 35도인데."

"쓸데없는 소리야."

"걱정해드리는 건데요, 여기서 못 내려가실 것 같아서."

"여기에서 못 내려가는 건……." 기리시마는 스노웨어 호주머니에서 소음기 달린 권총을 꺼냈다. "바로 너야!" 그리고 방아쇠를 당겼다.

기리시마가 바에 도착하자 나미는 작가들과 담소하고 있었다. 그녀는 마티니를 마시는 모양이었다. 기리시마는 위스키 온더락을 주문했다.

"오래 걸렸네?" 남편을 보자 그녀는 말했다.

"30분쯤 걸린다고 했지?" 그는 손목시계를 보았다. "근데 25분밖에 안 지났어."

"바쁘신가 봐요." 여성 편집자가 말했다.

"아뇨, 별 거 아니고 잠깐 좀……. 그보다 이제 슬슬 나이트 타임도 끝나는 모양이죠?" 기리시마는 창밖을 내다보며 말했다. 리프트 승차장이 닫혀 있었다. "이런 시간에 리프트를 탈 사람은 없겠군요."

"나이트 타임에는 곤돌라를 운행하지 않아. 그래서 정상까지 가려면 리프트를 환승해가면서 올라가야 한다더라고."

"나와는 전혀 관계없는 얘기네. 혹시 정상에 초보자 코스 같은 건 없을까?"

"낮 시간이라면 초보자용 우회 코스를 타고 내려올 수 있지만 나이트 타임 때는 안 될 거예요." 여성 편집자가 대답해주었다.

"상급자 코스가 아니면 내려오지를 못하니까 좀 어렵죠."

"역시 나는 못 가겠군요. 하긴 내 실력으로는 밤 시간에 이쪽에서만 타도 다행이지요." 그는 웃으면서 잔을 기울였다.

3

다음 날 아침, 기리시마가 나미와 함께 조식 식당에 갔을 때, 어쩐지 주위 분위기가 소란스러웠다. 어제 본 그 미스터리 작가와 편집장이 눈에 들어왔다. 여성 편집자의 모습은 보이지 않았다.

"무슨 일이에요?" 기리시마는 작가에게 물었다.

"살인사건이 난 모양이에요." 작가가 작은 소리로 대답했다. "산정에서 사체가 발견되었다고 지금 경찰이 와 있어요."

"살인? 설마." 기리시마는 눈을 둥그렇게 떠보였다. "어떻게 그런 산꼭대기에서?"

"글쎄 말이에요." 작가는 고개를 갸웃거렸다. "지금 다카나카 씨가 어떻게 된 일인지 알아보러 갔습니다."

불안한 마음으로 아침을 먹고 있는데 여성 편집자 다카나카가 돌아왔다.

"살해된 사람은 마흔 살쯤 된 남자고, 권총으로 가슴을 맞았대요. 현재 신원 파악 중이라고 하더라고요. 산정 레스토랑 옆에서 발견되었는데 보드 판을 발에 신지 않고 레스토랑 앞에 세워뒀다네요."

"보드 판? 마흔 살?" 작가가 묘한 대목에 반응했다. "그럼 아저씨 스노보더가 살해된 거네. 범인이 누군지 대충 감은 잡은 건가. 단서는?"

"글쎄요, 거기까지는……."

"형사한테 좀 물어봐."

"그런 걸 알려줄 리가 없죠."

"내 이름을 대고 물어보라고. 당대 최고의 미스터리 작가가 사건 해결에 협조할 테니 정보를 달라고 해."

"그런 말을 했다가는 히가시노 씨뿐만 아니라 나까지 바보 취급을 당할 걸요. 그보다 오늘은 어떻게 하실래요? 오전 중에는 경찰 관계자 외에는 곤돌라를 이용하지 못해요. 위쪽 리프트도 운행을 안 할 테니까 일반인은 산정에 갈 수 없어요."

"뭐야, 그럼 보드도 못 타잖아."

"아래쪽 리프트는 운행한다니까 호텔 앞 겔렌데에서는 탈 수 있어요."

"그런 느린 경사면에서 달리라고?" 작가가 얼굴을 찌푸렸다.

"하프파이프는 언제든지 탈 수 있는데……." 여성 편집자가 눈빛을 반짝이며 말했다. "한번 도전해보실래요?"

"흐흠……." 작가는 신음소리를 내며 고민했다.

"아니, 아니, 느린 경사면 쪽에서 타도록 하세요." 편집장이 당황한 기색으로 말했다. "이런 데서 다치시기라도 하면 다른 출판사에서 또 엄청 원망할 텐데요. 지난번 컬링의 비극을 잊으셨어 요? 다음에 또 코가 부러지면 원래대로는 회복이 안 된다고 했 잖아요."

"컬링? 코?" 나미가 어리둥절한 얼굴로 물었다.

"아, 실은 이래저래 사연이 있었거든요." 편집장이 쓴웃음을 지었다.

결국 작가 일행은 호텔 앞의 완만한 경사면을 달리기로 한 모 양이다. 기리시마도 나미와 함께 그곳에서 스노보드 연습을 하 기로 했다. 오늘은 나미가 코치 역할이다. 위쪽 코스를 이용할 수 없는 탓에 평일인데도 겔렌데는 사람들로 북적였다.

점심때가 되자 곤돌라가 일반인에게 개방되었다. 단숨에 손님 들이 산정으로 향하는 것을 지켜본 뒤에 기리시마 일행은 점심 식사를 위해 호텔로 돌아왔다.

식사 후에 기리시마는 방에 가서 잠시 쉬기로 했다. 나미는 작 가 일행과 좀 더 타겠다면서 겔렌데로 나갔다.

노크 소리가 들려온 것은 기리시마가 두 번째 담배를 태운 직 후였다. 문을 열자 낯선 남자 둘이 서 있었다. 똑같이 두툼한 방 한복 차림이었다.

"기리시마 씨지요?" 그렇게 말하며 뚱뚱한 남자 쪽이 경찰수 첩을 내보였다. "방에 계셔서 다행입니다. 스키 타러 나가셨을까

봐 걱정했는데."

"무슨 일이죠?"

"가타오카 지로 씨 일로 잠깐 여쭤볼 게 있습니다."

"가타오카라니, 그게 누굽니까?" 동요를 감추며 기리시마는 말했다.

"모르는 사람인가요? 아, 네, 그렇군요." 형사는 머리를 긁적였다. "일단 안에 들어가서 잠깐 얘기 좀 해도 될까요?"

"예, 그래요. 좀 어질러져 있지만."

두 형사에게 소파 자리를 권하고 기리시마는 침대에 앉았다.

"산정에서 일어난 살인사건에 대한 얘기는 들으셨을 텐데요, 실은 그 피해자가 가타오카 지로 씨입니다. 어제부터 이 호텔에 묵고 있었어요." 뚱뚱한 형사가 말했다.

"글쎄 나는 그런 사람은 모르는데요."

"가타오카 씨의 방을 누군가 뒤진 흔적이 있었어요. 아마 그를 살해한 범인의 짓이겠지요. 그건 어쨌든, 우리 수사원이 아주 흥미로운 것을 찾아냈습니다."

"흥미로운 것?"

그러자 형사는 손을 내밀어 흐린 유리창에 '가나다'라고 썼다.

"가타오카 씨의 방 유리창에도 이런 식으로 누군가 글씨를 쓴 흔적이 있었어요. 얼핏 봐서는 잘 안 보이는데 후우 입김을 불었더니 희미하게 글씨가 나타났죠. 가타오카 씨가 방에 있을 때, 뭔가 기억해두려고 메모해둔 것으로 추정됩니다. 판독하기가 상당히 어렵긴 했는데 어쨌든 부분적으로 알아볼 수 있었어요. 이렇게 적혀 있었습니다."

형사는 창유리에 손끝으로 '피켈 9:00 기리'라고 썼다.

기리시마는 심장이 움찔하는 것을 느꼈지만 가까스로 무표정을 유지했다.

"이 '피켈'이라는 건 산정 레스토랑의 이름이에요. 거기서 9시에 누군가를 만나기로 한 약속을 이렇게 유리창에 메모해둔 것으로 보입니다. 문제는 이 '기리'인데 그다음에 이어진 글씨를 판독할 수가 없었어요. 그래서 우리는 이게 사람 이름일 거라고 생각했습니다. '기리'로 시작하는 이름. 호텔 측에 문의해봤더니 현재 이 호텔 숙박객 중에 '기리'라는 이름을 가진 분은 기리시마 씨, 당신분이었어요. 그래서 잠깐 문의해보려고 이렇게 찾아왔습니다."

"그렇군요." 기리시마는 고개를 끄덕였다. "하지만 나는 가타오카라는 사람을 몰라요."

"정말입니까?"

"거짓말을 해봤자 통할 일도 아니지요."

"아, 그러면 대단히 실례지만, 어젯밤부터 오늘 아침까지 어디서 무슨 일을 하셨는지 알려주시겠습니까?"

"알리바이 확인인가요? 뭐, 좋아요, 다행히 증인이 여러 명 있
으니까." 기리시마는 심호흡을 했다.

4

그날 밤에도 기리시마는 작가 일행과 식사를 함께했다. 이번에는 기리시마 쪽에서 먼저 아내를 통해 제안한 자리였다. 물론 목적이 있었다. 형사가 틀림없이 작가 일행에게도 기리시마의 알리바이에 대한 보강확인을 했을 터라서 그때 어떤 대화를 주고받았는지 넌지시 알아내려는 것이다.

"그 살인사건 말인데요." 식사가 시작되고 잠시 뒤에 작가가 먼저 그 얘기를 꺼냈다. "어젯밤 나이트 타임 중에 살해됐다는 건 일단 틀림이 없는 것 같아요."

"아하." 기리시마는 작가를 보았다. "그렇습니까. 그런 얘기는 누구한테서 들으셨어요?"

"형사한테." 작가가 선선히 대답했다. "어젯밤에 형사가 내 방에 왔었습니다. 이 친구들 방에도 왔었다는군요." 두 편집자를 돌아보며 말했다.

"형사들이 찾아온 이유를 제가 맞춰볼까요." 기리시마는 애써 온화한 표정을 지으며 말했다. "나의 알리바이를 확인하러 왔었지요?"

옆에서 나미가 움찔하는 기척이 있었다. 그녀가 물었다. "형사가 당신 알리바이를? 왜?"

"작은 우연 때문에 그렇게 됐어."

기리시마는 형사와 나눈 대화를 아내에게 들려주었다. 형사가 다녀간 것을 아직 그녀에게는 말하지 않았던 것이다.

"그런 일이 있었는데 왜 나한테 얘기를 안 했어?"

"지금 이렇게 얘기하고 있잖아. 별일 아니야. 어차피 금세 의심도 풀릴 거고." 아내를 다독인 뒤에 기리시마는 작가와 편집자들을 보았다. "형사들이 어떤 질문을 하던가요?"

"어젯밤 나이트 타임 때의 일을 묻더군요." 작가가 대답했다. "저녁식사 때 우리가 두 분과 함께 있었는지를 확인하는 것 같았어요."

"그래서 어떤 대답을?"

"물론 함께 있었다고 말했지요. 다만 기리시마 씨가 잠깐 자리를 떴다는 것도 덧붙일 수밖에 없었습니다만."

"네, 잠깐 볼일이 있다고 기리시마 씨가 방에 올라가셨을 때의 얘기예요." 옆에서 여성 편집자가 덧붙였다. "그때 30분쯤 자리를 뜨셨지요? 2차로 바에 가기 전에."

"그렇죠, 정확히는 25분이었어요." 기리시마는 정정해주었다. "이런 일이 생길 줄 알았다면 자리를 지켰을 텐데 말이에요. 생각해보니 그리 급한 일도 아니었는데."

"하지만 겨우 25분 사이에 그런 범행을 할 수는 없어요." 편집장이 말했다. "그 정도는 경찰도 조사해보면 금세 알겠지요."

"아니, 25분이면 이론상으로는 가능할 수도 있어." 작가가 반론에 나섰다. "아까 다카나카 씨하고 실제로 스노보드를 타면서 조사해봤거든. 리프트로 정상까지 가는데 약 12분이 걸렸어. 범행은 1, 2분이면 가능했을 거고. 그렇다면 남는 건 12분이야."

"옷을 갈아입거나 이동하는 시간도 필요하니까 다시 10분이 더 걸렸다고 치면 남는 시간은 약 2분이죠. 정확히 사건 현장에서 스키나 스노보드로 아래까지 내려오는 데 걸리는 시간이 2분이에요." 여성 편집자가 말했다.

"그 코스를 2분 만에 내려올 수 있나?" 편집장이 고개를 갸웃거렸다.

"조금 전에 히가시노 씨가 스노보드로 거의 정확히 2분 만에 내려오셨어요." 여성 편집자가 말했다. "완전히 엉성하게 타긴 했지만."

"엉성하다니, 뭐가!"

"히가시노 씨가 자세는 엉성해도 엄청 스피드광이니까 다른 보통사람이라면 2분보다 좀 더 걸리지 않을까?" 편집장이 생각에 잠긴 얼굴로 말했다. "실례가 되는 말이지만, 기리시마 씨의 현재 실력으로는 도저히……."

"네, 불가능하죠. 오늘도 아내한테 혼나고 칭찬도 들어가면서 초보자 경사면을 완전 땀범벅이 되어 겨우겨우 내려왔으니까요."

"남편에게 A코스 경사면은 무리예요." 나미도 옆에서 말했다. "혹시 그 코스를 탔다고 해도 분명 수십 분은 걸렸을 걸요."

"아니, 나한테는 그것도 힘들어." 기리시마는 말했다. "애초에 탈 생각을 못하지."

"경찰도 바보가 아니니까 기리시마 씨의 스노보드 실력을 조사해보겠지요." 작가가 말했다. "자리를 잠깐 뜨긴 했지만 그 시간에 범행이라는 건 단지 탁상공론이라는 결론이 나올 겁니다. 괜찮아요, 말씀하신 대로 의심이 곧 풀리겠죠."

"말씀은 그렇게 하시지만 히가시노 씨도 나를 약간은 의심하지 않았나요? 그래서 일부러 시간까지 재가면서 스노보드를 타보셨겠지요."

"아뇨, 아뇨, 그건 그냥 재미삼아 해본 거예요. 미스터리 작가로 일하다 보니 이런 때는 당장 실험을 해보고 싶어진다고 할까……." 작가는 당황한 기색으로 얼버무렸다.

"형사가 기리시마 씨의 알리바이를 확인한 것은 유리창에 남겨진 '기리'라는 글씨 때문이라고 했지요?" 편집장이 말했다. "근데 그것만으로 기리시마 씨를 의심하는 건 좀 이상해요. 스키장이니까 '기리'는 '안개'*라고 생각하는 게 오히려 일반적이 아닐까요?"

"단서가 없으니까 형사들도 다양한 가능성을 열어놓고 조사해보는 모양이지요. 뭐, 나는 그냥 잠깐의 재난 정도로 생각하기로 했어요." 기리시마는 여유 있는 웃음을 지었다.

"살해된 사람은 어떤 사람이었을까." 편집장이 혼잣말처럼 중얼거렸다.

"프리 저널리스트였대요." 여성 편집자가 대답했다. "근데 주로 가십거리를 추적하는 기자였던 모양이에요."

"그건 아무래도 원한을 살 만한 직업이니까 분명 적의를 품은 사람도 많았을 거야." 작가가 말했다.

저녁식사 후, 기리시마는 나미와 함께 방으로 돌아왔다.

"왜 나한테 말 안 했어?" 그녀는 험상궂은 얼굴로 추궁했다.

"글쎄 굳이 말할 것도 없는 일이었다니까. 게다가 당신의 즐거운 기분을 망치고 싶지 않았어."

"그런 식으로 나한테 아무 말 안하는 게 더 기분 나빠. 당신은 항상 그렇다니까. 언제까지고 나를 어린애 취급하고." 나미는 눈물을 글썽였다.

이렇게 짜증을 내니 어린애 취급을 하지, 라고 한마디 해주고

---

*일본어로 '안개'는 '기리(霧)'.

싶은 것을 기리시마는 꾹 참았다.

"미안해. 다음부터는 꼭 얘기할게. 나도 살인사건 용의자가 된 건 생전 처음이라 좀 당황했어."

용의자라는 단어가 자극적이었는지 나미는 얼굴빛이 흐려졌다.

"당신, 정말 아무 관계도 없지?"

"당연하지. 뭔 소리야." 기리시마는 명랑한 목소리로 대답했다. "그럼 내가 살인 후에 그 급경사 코스를 휙휙 달려서 도망치기라도 했겠어?"

"아니, 그건 아니지만⋯⋯."

"그렇지? 그게 불가능하다는 건 당신이 가장 잘 알잖아."

"응, 그래. 미안해."

그리고 잠시 뒤, 나미는 침대에서 잠이 들었다. 그런 아내에게 담요를 덮어주고 기리시마는 조용히 방을 나왔다. 온천욕을 하기 위해서였다.

나미와는 그녀가 아르바이트로 일하던 찻집에서 처음 만났다. 얘기를 하다 보니 기리시마가 교수로 근무하는 대학교의 학생이었다. 하지만 문학부여서 학교 안에서는 전혀 접점이 없었던 것이다.

나미가 졸업하기를 기다려 프러포즈를 했다. 그녀는 즉석에서 승낙해주었다. 그녀의 양친은 나이 차를 걱정하는 모양이었지만 기리시마는 그녀를 행복하게 해줄 자신이 있었다.

결혼하고 이제 2년째다. 모든 것이 잘 풀려가고 있었다. 올해는 아이를 갖자고 지난 1월에 둘이서 결정하기도 했다. 그런 때에 가타오카가 나타났다.

가타오카는 얼마 전에 큰 물의를 일으킨 대학생들의 유료 난교 파티를 취재하고 있었다. 그곳에 참가했던 사람들을 추적해 실태를 파악하려고 한 것이다. 그 과정에서 몇 년 전 난교 파티에 참가했던 한 여성에게 주목하게 되었다. 그 이유는 당시 여대생이었던 그 여성이 현재 어느 교수의 아내가 되었다는 것을 알았기 때문이다.

말할 것도 없이 그 여성이란 나미였고 남편인 교수는 기리시마였다.

가타오카는 기리시마에게 거래를 제안했다. 나미가 그 파티에 참석했던 것을 공표하지 않는 대신 1천만 엔을 달라는 것이었다.

마련할 수 없는 금액은 아니었다. 하지만 가타오카가 앞으로 두 번 다시 이런 거래를 들이대지 않을 거라는 보장은 없었다. 무엇보다 나미의 끔찍한 과거를 가타오카 같은 비열한 자가 알고 있다는 사실 자체를 기리시마는 도저히 견딜 수 없었다.

이번 여행이 정해졌을 때, 기리시마는 가타오카를 살해하기로 결심했다. 그는 아내 나미에게도 내내 비밀로 해온 일이 있었다. 그것을 이용하면 자신에게 혐의가 돌아오는 일은 없을 것이라고 생각했다. 그런 만큼 가타오카가 유리창에 남겼다는 그 글씨는 뼈아픈 일이었다.

온천탕에 들어서자 부옇게 김이 서린 욕조 쪽에서 누군가 "기리시마 씨"라고 이름을 불렀다. 시선을 집중해보니 작가가 탕 안에 앉아 있었다. 그 옆에 편집장의 모습도 보였다.

기리시마는 천천히 왼쪽 발을 욕조에 넣었다.

"첫 스노보드 여행인데 정말 뜻하지 않은 일을 겪게 되셨네요." 작가가 말했다.

"누가 아니랍니까. 그나마 내가 보드를 못 탔기에 망정이지 작가 선생님 일행처럼 휙휙 잘 탔다면 더 의심을 받을 뻔했어요."

"교수님이 정말로 보드를 못 타는지 어떤지, 아마 지금쯤 형사들이 필사적으로 조사하는지도 모르겠네요."

"마음껏 조사하라지요. 나는 상관없어요. 선수처럼 잘 타려면 겨울스포츠 시즌에 스키장에 드나들면서 상당히 오래 연습해야 하잖습니까. 근데 나한테 그럴 만한 시간이 없었다는 건 나와 친한 사람이라면 누구나 알고 있어요."

"그렇군요. 아, 그럼 내일은 우리하고 한번 연습해볼까요? 앞으로 잘 타게 되는 건 아무 문제도 없을 테니까."

"그건 괜찮지만 작가 선생님 일행에게 거치적거리기만 할 텐데요."

"아뇨, 상관없습니다. 실은 편집장이 허리가 아파서 내일은 초보자 코스에서만 탔으면 좋겠다고 해서."

작가 옆에서 편집장이 멋쩍은 얼굴로 웃고 있었다.

"그러시다면 잠깐만 함께 타볼까요?" 기리시마도 억지웃음을 지으며 말했다.

5

다음 날 아침식사 후, 기리시마가 나미와 함께 스키 로커실로 갔더니 작가 일행은 벌써 준비를 마치고 기다리고 있었다.

"일찍 나오셨네요."

"어젯밤에 눈이 상당히 많이 내린 모양이에요. 최대한 이른 시간에 곤돌라 타고 올라가서 신설 위를 마음껏 달려볼 생각입니다." 작가가 말했다.

"아, 그렇군요. 하지만 나 같은 초보자는 신설의 고마움도 잘 모르는데." 그런 말을 주고받으며 기리시마는 자신의 보드를 로커에서 꺼냈다.

겔렌데로 나가 줄을 선 사람들의 뒤를 따라 곤돌라를 향해 걸어갈 때, 한 남자가 말을 걸어왔다. 첫날 기리시마에게 레슨을 해준 강사였다.

"저어, 실은 어제 경찰이 찾아왔었어요." 강사는 목소리를 낮춰 말했다. "기리시마 씨의 스노보드 실력이 어느 정도냐고 묻더라고요."

"아, 그랬어요?"

"완전 초보자라고 대답했는데 처음에는 아무래도 의심하는 눈치였어요. 초보자인 척하는 게 아니냐는 식으로 캐묻는 거예요."

"그래서 선생님은 어떤 대답을?"

"레슨을 하다 보면 연극인지 아닌지는 안다, 기리시마 씨는 틀림없이 초보자다, 라고 대답했더니 결국 고개를 끄덕이고 돌아갔어요. ……제가 얘기한 거, 별 문제없겠지요?"

"네, 그럼요. 선생님이 보고 듣고 생각하신 대로 답하시면 됩니다."

"그렇지요? 아, 다행이다." 강사는 마음이 놓였는지 환하게 웃었다.

곤돌라 안에서 기리시마는 작가들에게 그 얘기를 들려주었다.

"역시 형사들은 내 스노보드 실력을 의심하는 모양이에요." 그는 미소를 지으며 말했다. "잘 못 탄다는 것을 증명하는 게 의외로 어려운 일이네요."

"그런 쪽으로 증명할 일은 웬만해서는 없으니까요." 작가가 말했다.

"잘 탄다는 것을 증명하는 거라면 히가시노 씨처럼 직접 타는 모습을 보여주면 될 텐데 말이에요."

"그렇죠? 근데 여기 이 두 사람은 내가 잘 탄다는 것을 한 번도 증명해준 적이 없다니까요." 작가가 여성 편집자와 편집장에게 슬쩍 곁눈질을 하면서 말했다.

"아뇨, 그건요." 편집장이 헛기침을 했다. "히가시노 씨가 겁도 없이 배짱이 두둑하다는 것이라면 얼마든지 증명해드릴 수 있어요."

"영 마음에 안 드는데, 그 말?"

"대학 교수님이라면……." 여성 편집자가 기리시마를 보며 말했다. "지방에 출장 가실 일은 별로 없나요?"

"아니, 출장 가시는 분도 있죠." 기리시마는 대답했다. "근데 나는 출장은 거의 없어요."

"전혀 없으신 건 아니라는 말씀인가요?"

"예, 어쩌다 가긴 하는데 대개는 당일치기예요." 그렇게 말하고 기리시마는 다카나카의 얼굴을 마주보았다. "스노보드를 연습할 만큼 시간이 넉넉한 출장은 없습니다."

"여보." 나미가 당황한 듯 기리시마의 팔을 툭 쳤다. "무슨 말이야?"

"다카나카 씨는 내가 지방에 출장 갔을 때 은밀히 스노보드 연습을 했다고 의심하고 있어."

"아뇨, 그런 게 아니라……." 그녀는 손을 저었다.

"괜찮아요, 화난 건 아닙니다. 다만 정말로 그런 여유는 없었어요. 그건 내 아내가 가장 잘 알아요."

네에, 라고 나미가 고개를 끄덕였다.

"최소한 나와 결혼한 뒤로 겨울철에 출장을 간 적은 없어요."

"겨울철에?" 이번에는 작가가 반응을 보였다. "그러면 겨울철이 아닐 때는……."

"그건 6월이나 7월이에요." 나미가 불끈했다. "해마다 2주일쯤 니가타 대학에서 특별 강의를 했으니까요. 여보, 그렇죠?"

아내의 확인에 기리시마는 슬쩍 턱을 끄덕였다.

"그쪽에 협동 연구자가 있어서 그 사람 부탁으로 강의를 하러 갔습니다."

"니가타?" 작가가 고개를 갸우뚱했다.

"아무리 니가타라도 6월, 7월에는 눈이 없어요. 게다가 아까 강사도 말했지만, 초보자인 척 연극을 해봤자 프로라면 금세 알아챈다잖아요."

"그건 그렇죠." 작가는 고개를 끄덕였다.

곤돌라가 정상에 도착했다. 일행 다섯 명이 나란히 겔렌데로 나가 보드를 장착했다.

"자, 그럼 갑시다." 작가가 초보자 코스를 출발했다. 편집자들도 따라갔다. 그 뒤를 나미가 쫓아가고 기리시마도 타기 시작했다.

이따금 넘어지기도 하고 낙엽 타기라는 초보자용 테크닉도 해보면서 기리시마는 완만한 경사면을 내려갔다. 중간에서 나미와 작가들이 기다리는 것이 보였다. 천천히 그들이 있는 곳까지 더듬어갔다.

"제법 잘 타시는데요. 이번이 처음인데 그 정도면 잘하는 편이에요." 작가가 공치사를 했다.

"아휴, 최대한 열심히는 했어요." 실제로 기리시마는 땀을 흘리고 있었다.

긴 초보자 코스를 두 번 타고 세 번째로 곤돌라에 올랐을 때, 편집장이 잠시 쉬자고 제안했다.

"허리 통증이 심해?" 작가가 물었다.

"예, 근데 잠깐 쉬면 괜찮아질 거예요."

"그럼 정상 레스토랑에서 쉬기로 하자. 담배도 피우고 싶고. 기리시마 씨, 괜찮죠?"

"나도 쉬고 싶던 참이에요."

"저는 좀 더 타도 될까요?" 여성 편집자가 말했다. "모처럼 왔으니까 A코스에도 가봐야죠. 부인도, 어떠세요?" 나미에게 물었다.

"그럼 아저씨들은 떼어놓고 우리 둘이서만 타볼까요?" 나미가 실눈이 되어 웃으며 말했다.

정상에 도착하자 경사면으로 가는 두 여자를 배웅하고 기리시마 일행은 옆의 레스토랑으로 갔다.

자리에 앉자마자 주문도 대충 끝내버리고 편집장은 부츠를 벗어놓더니 얼굴을 찌푸리며 허리를 움켜잡았다.

"그렇게 아파?" 작가가 물었다.

"죄송해요, 고질병이라서."

"이그, 그 꼴로 어떻게 편집장 일을 하는 거야."

"그게 뭔 상관이냐고요."

그때, 편집장의 휴대전화가 울렸다. 전화를 받은 그는 얼굴빛이 확 변했다.

"뭐라고? 이거, 큰일 났네."

"왜 그래?"

"다카나카 전화예요. 기리시마 씨 부인이 행방불명이래요. 코스를 벗어난 모양이에요."

"나미가?" 기리시마는 몸을 일으켰다. "어디서요?"

"A코스 중간쯤이래요. 다카나카는 일단 아래로 내려갔다가 곤돌라 타고 다시 올라오겠답니다."

"코스를 벗어난 거라면 진짜 큰일인데. 나무도 많고 뾰족한 바위가 있어서 자칫하면 크게 다칠 수 있어. 내가 가서 보고 와야겠다. 못 찾으면 안전요원을 불러야 해." 작가가 고글을 챙겨 쓰고 레스토랑을 나갔다.

"나도 가야겠어요." 기리시마도 일어났다.

"하지만 급경사 A코스 쪽이에요." 편집장이 말했다.

"엉덩방아를 찧으면서라도 내려가야지요. 이렇게 손 놓고 기다릴 수는 없어요." 기리시마는 장갑을 집어 들었다.

밖으로 나오자마자 보드를 장착했다. 히가시노의 모습은 벌써 보이지 않았다. 그것을 확인하고 기리시마는 급히 A코스로 들어갔다.

낙엽 타기로 급경사면을 내려가면서 아내를 찾아보았다. 평일이라 그런지 코스 안은 비어 있었다. 시야도 좋았다. 이렇게 좋은 컨디션에 어쩌다가 나미는 코스를 벗어난 거야, 라고 생각했다.

코스 가장자리의 로프 옆에 뭔가 빨간 게 떨어진 것을 발견하고 기리시마는 급히 멈춰 섰다. 조심조심 다가가 주워 올렸다. 나미의 모자가 틀림없었다. 바로 옆에는 명백히 누군가 타고 지나간 자국이 절벽 아래쪽으로 이어졌다.

"나미!"

그는 정신없이 로프를 넘어갔다. 눈에 난 자국을 더듬으며 산비탈로 몸을 던졌다. 보드 위에서 오른발을 앞으로 딛고 40도가 넘는 경사를 타고 내려갔다.

이윽고 저 앞쪽에 사람이 보였다. 스노웨어 색깔을 보고 나미가 틀림없다고 생각했다. 눈 속에 쓰러져 있는 것 같았다.

"나미, 나미, 괜찮아?"

그는 바로 앞에서 브레이크를 걸었다. 보드 판을 떼고 신설 속을 헤엄치듯이 그녀에게로 다가갔다.

그녀가 이쪽을 돌아보았다. 다행이다, 무사해서……. 기리시마가 그렇게 안도한 것은 단 한 순간이었다. 여자는 나미가 아니었다. 다카나카라는 여성 편집자였다.

"죄송해요." 멀거니 서 있는 기리시마에게 여성 편집자가 말했다. "부인이 행방불명이라는 건 거짓말이에요. 부인은 지금 아래쪽에서 기다리고 있습니다."

"왜 그런 거짓말을……."

그때였다. 뒤쪽에서 소리가 났다. 돌아보니 작가가 비탈을 타고 내려오는 참이었다.

"정말 훌륭한 라이딩이었어요, 기리시마 씨." 그가 말했다. "당신은 역시 구피 스탠스였군요. 초보자인 척 하려고 레귤러 스탠스로 탔던 거였어요."

모든 것이 덫이었구나, 라고 기리시마는 마침내 깨달았다. 스노보드 실력을 확인하기 위해 설치한 덫이었던 것이다.

작가가 말한 그대로였다. 기리시마는 왼발잡이다. 대부분의 사람들이 왼발을 앞으로 짚고 타는 레귤러 스탠스인 것에 반해 그는 오른발을 앞으로 짚는 구피 스탠스다. 하지만 이번 범행을 결심했을 때, 초보자인 척 해야 할 필요가 있어서 지금까지 일부러 반대로 보드를 탔던 것이다. 이 겔렌데에서 구피 스탠스로 탔던 것은 딱 한 번, 가타오카를 살해하고 전속력으로 A코스를 내려와야 했을 때뿐이었다. 스탠스는 레귤러용으로 설정했기 때문에 그대로 구피로 타려면 보드를 반대로 돌려서 쓰게 되지만, 프리스타일 보드는 기본적으로 앞뒤 어느 쪽으로도 탈 수 있다.

"내가 구피 스탠스라는 건 언제 알았어요?" 기리시마는 작가에게 물었다.

"다카나카 씨가 그럴 가능성도 있다고 얘기하더군요. 원래 구피 스탠스인데 초보자인 척하려고 레귤러로 타는 것일 수도 있다고. 그리고 그 뒤에 온천탕에서 기리시마 씨를 만났을 때, 욕조 안에 들어오면서 왼발부터 넣는 것을 보고 나도 뭔가 이상하다고 생각했죠. 잘 쓰는 발을 먼저 넣는 게 일반적이니까 레귤러 스탠스인 사람이라면 오른발을 먼저 넣었어야 하는데 기리시마 씨는 그 반대였어요."

"아, 온천탕에서……." 기리시마는 고개를 떨구었다. "그랬군요."

"스노보드 연습은 갓산 스키장 쪽에서 하셨겠네요." 여성 편집자가 물었다.

"맞아요."

"역시. 갓산 스키장이라면 니가타에서도 가깝고 7월에도 탈 수 있으니까요."

"내가 보드를 탄다는 건 아내도 알지 못했어요. 스키장에서 갑작스럽게 잘 타는 모습을 보여주는 깜짝 쇼를 하려고 내내 비밀로 해왔으니까. 그래서 그걸 이번 일에 트릭으로 써보자고 생각했던 것인데, 여기 두 분을 만나면서 모든 게 끝이 났군요."

"우리는 경찰에 신고할 생각은 없습니다." 작가가 말했다. "만일 사건이 이대로 해결되지 않는다면 그 트릭을 내 소설에 써먹을까 하는데요."

"그 소설, 다른 곳 말고 꼭 우리 출판사에 주셔야 해요." 여성 편집자가 즉각 말했다.

기리시마는 웃었다.

"자수할 겁니다. 이번 트릭을 소설에 써먹을 생각은 하지도 마세요."

"이것 참, 아쉽네요."

그렇게 말하더니 작가는 천천히 보드를 타기 시작했다.

옮긴이의 말

히가시노 아저씨,
신나게 일하고 열심히 놀고

이 책은 작가 히가시노 게이고 씨가 처음 스노보드에 도전한 2년 동안의 경험과 그 소회를 기록한 것이다. 마흔이 넘은 나이에 젊은이도 선뜻 도전하기 어려운 스노보드를 시작한 '아저씨'가 어서 눈이 내려 겔렌데를 내달릴 수 있기를 마치 소풍을 앞둔 어린아이처럼 기다리는 모습이 재미있다. 겨울스포츠를 매개로 각 출판사 편집부와의 관계, 다른 작가들과의 어울림도 흥미롭게 펼쳐진다. 얼어붙은 쨍한 공기, 눈 위를 미끄러지는 감촉, 아슬아슬한 스피드는 상상만 해도 상쾌하다. 눈 위를 지치느라 뻣뻣해진 몸을 온천에 담글 때는 '기절할 것 같은' 쾌감이 몰려온다고 한다. 겨울이 시작되었는데도 눈이 내리지 않아 초조해하면서 인터넷에 올라온 각 스키장의 현장 동영상 카메라를 매일같이 확인하고, 죽을 둥 살 둥 원고를 마무리한 뒤에 바쁜 시간을 쪼개 스키장으로 달려가는 심정이 충분히 이해가 된다.

늘 시간이 없다고 쩔쩔 매면서 스노보드까지 타러 다니고, 대체 언제 장편소설을 써내는가, 라는 주위의 질문에 이 작가는 '나도 모른다'라고 짐짓 시치미를 떼고 있다(이 분, '츤데레' 경향이 매우 강하다). 일본어 위키백과의 히가시노 게이고 항목에는 작품 목록이 시리즈별로 실려 있다. 이것을 다시 연도별로 분석해보니 놀라운 사실이 포착되었다. 1985년에 첫 작품 《방과 후》가 에도가와 란포상을 수상하면서 등단한 뒤, 2018년 현재까지 벌써 32년째 작가 생활. 유일한 동화책인 《마더 크리스마스》, 그리고 이 책 《히가시노 게이고의 무한도전》을 비롯한 5권의 에세이집 외에는 한결같이 소설 외줄기다. 85년~89년까지 13권, 90년대 27권, 00년대 22권, 10년~18년 24권으로 총 86권에 달한다. (한 권도 출간하지 않은 해는 97년, 단 한 번뿐이다.) 앞서 놀랍다고 한 것은 해마다 3권 정도의 페이스로 그야말로 '꾸준히' 소설을 써왔다는 점이다.

1년에 3권이라는 것이 과연 많은 양인지 적은 양인지는 각자 판단이 나뉘는 지점이다. 다만 미스터리 소설의 대중성을 감안한다면 독자에게 끊임없이 새로운 스토리를 제공해야 하는 특성을 가진 장르라는 것은 틀림이 없다. 우리나라에서는 저작권 계약이나 번역 등의 문제로 단기간에 여러 권이 연달아 출간되는 바람에 '너무 다작이 아니냐' '소설 공장인가'라는 독자들의 댓글이 달리기도 한다. 하지만 지금의 히가시노 게이고의 명성은 변함없이 꾸준히 이어온 창작의 결과였다는 것을 이번에 새삼 알게 되었다. 어린애처럼 스노보드에 빠져든 '아저씨'의 시기에도 1년에 3권 출간이라는 꾸준한 페이스는 전혀 흔들림이 없었다!

히가시노 게이고는 대학에서 전기공학을 전공하고 엔지니어로 일한 경험이 있어서 문과가 주류를 차지하는 문단에 새로운 바람을 불어넣은 '이과적 상상력'의 작가로 일컬어지기도 한다. 그의 소설에서는 사적인 감성, 내면의 성찰, 자의식 같은 것은 찾아보기 힘들다. 마치 엔지니어처럼 공학적으로 스토리를 구축하고, 감정을 최대한 배제한 건조한 단문으로 사건을 펼쳐나가면서 독자와 밀고 당기는 두뇌 싸움을 한다. 작품에 뇌 이식, 원자력발전 등의 과학을 도입한 경우도 많다. 거기에 또 한 가지, 소설의 소재로 스포츠를 즐겨 쓰는 것도 특이한 점으로 꼽힌다. 이 책에서도 언급한 어린 시절의 수영과 검도는 물론이고, 대학 때 양궁부에서 활동한 경험 등이 소설마다 녹아들었다. 특히 《연애의 행방》, 《눈보라 체이스》를 비롯한 '설산 시리즈'는 본격적으로 스노보드를 다뤄서 독자의 열렬한 지지를 얻었다. 작가를 두고 문약(文弱)이라고 하는 것은 이제 옛말이 된 감이 없지 않지만, 역시 히가시노 게이고 씨처럼 뚜렷한 문약 타파의 사례는 그리 많지 않을 것 같다.

이 에세이집에는 스노보드를 소재로 3편의 짧은 소설이 담겨 있다. 작가가 실제로 스노보드를 배우면서 체험한 내용과 이어지기 때문에 이 단편들의 재미가 한층 각별하게 다가온다. 일본 최고의 베스트셀러 작가의 주변 상황을 통해 출판계의 속내를 알아보는 재미도 쏠쏠하다. 인기 작가의 작품을 따내기 위한 각 출판사의 경쟁은 그야말로 치열하다. 골프 접대 아닌 '스노보드 접대'를 위해 작가를 극진히 모시는 편집부 직원들의 눈물겨운, 하지만 알고 보면 '자신에게 더 좋은' 얼렁뚱땅 티격태격의 동행이 흥미롭게 펼쳐진다. 이 작가는 스스로를 돈 문제에는 얄짤없이 짯짯하게 구는 오사카 상인 기질이 있노라고 묘사하지만, 기실 함께 일하는 동료들을 거둬들이는 품이 넓다는 것을 짐작할 수 있다.

본업과 취미를 균형 있게 배치하는 삶은 모든 일하는 이들의 바람일 것이다. 그런데 이게 여간해서는 실천하기가 어렵다. 우선 신나게 일한다는 것이 전제가 되어야 하는 것이다. 그리고 그 다음에 남은 시간을 쪼개가며 열과 성을 다해 취미에 뛰어들지 않고서는 언제까지고 '~하고 싶었는데'로 끝나버리기 십상이다. 소소하게 시작한다는 것도 그렇고, 무엇보다 꾸준함이 관건이 된다. 일에 몰두하는 집중력과 취미에 열중하는 향상심을 자극하는 한 권의 책으로서, 또한 이런저런 사정으로 그러지 못하는 수많은 우리를 위한 상상의 질주(疾走)로서 이 책을 더 많은 독자들과 공유할 수 있기를 바라마지 않는다.

양윤옥

히가시노 게이고의 무한도전

2018년 12월 10일 1판 1쇄 발행
2025년 2월 21일 2판 1쇄 발행

저　　　자　히가시노 게이고
옮　 긴　 이　양윤옥
발　 행　 인　유재욱

이　　　사　조병권
출 판 본 부 장 박광운
편 집 1 팀 박광운
편 집 2 팀 정영길 조찬희 박치우
편 집 3 팀 오준영 이소의 권진영 정지원
디 자 인 랩 팀 김보라 이민서
콘텐츠기획팀 박상섭 강선화
라이츠사업팀 김정미 이윤서
디지털사업팀 김경태 김지연 윤희진
영업마케팅팀 최원석 윤아림 이다은
물　 류　 팀 허석용 백철기
경 영 지 원 팀 최정연
발　 행　 처　(주)소미미디어
등　　　록　제2015-000008호
주　　　소　서울시 마포구 토정로 222, 502호(신수동, 한국출판콘텐츠센터)
판　　　매　㈜소미미디어
제　 작　 처　코리아피앤피
전　　　화　편집부 (070)4164-3960 기획실 (02)567-3388
　　　　　　판매 및 마케팅 (070)8822-2301, Fax (02)322-7665

ISBN 979-11-384-8565-4 (03830)